VUOTO IMPETUOSO

MONTGOMERY INK: COLORADO SPRINGS
LIBRO TRE

CARRIE ANN RYAN

VUOTO IMPETUOSO

MONTGOMERY INK: COLORADO SPRINGS LIBRO 3

Carrie Ann Ryan

Vuoto impetuoso
Romanzo della serie
Montgomery Ink: Colorado Springs
di Carrie Ann Ryan
© 2022 Carrie Ann Ryan

eBook ISBN: 978-1-63695-152-2
Paperback ISBN: 978-1-63695-153-9
Traduzione di Well Read Translations

VUOTO IMPETUOSO

La serie Montgomery Ink: Colorado Springs continua con una coppia che lotta per non perdere ciò che credeva di possedere e conquistare quello di cui non sapeva di avere bisogno.

Roxie Montgomery ha incontrato l'anima gemella quando meno se l'aspettava. Quando le ha chiesto di sposarlo, lei aveva pensato che il lieto fine stesse solo cominciando. Poi, ha scoperto che avviarsi verso il tramonto era più difficile di quanto le avevano fatto credere i suoi libri preferiti. Dopo una tremenda perdita, Roxie sente di non conoscere più il marito, o meglio... di non conoscere più se stessa.

Carter Marshall ha amato la sua Roxie dal primo

incontro. Ma col passare del tempo la distanza tra loro è cresciuta. Non sa come dimostrarle che è innamorato e non sa più se lei lo è ancora. Quando un incidente cambia tutto, dovranno decidere se quello che hanno si può salvare oppure se ricominciare l'unica è risposta. O persino possibile.

Senza litigare, senza un vero nuovo inizio, alle volte quel che resta di quello che è andato perduto può lasciare vuoti, un guscio di ciò che si era prima. Ci vorrà più dell'idea di un 'per sempre' affinché Roxie e Carter si ritrovino ma, come i Montgomery sanno bene, nulla per cui vada la pena combattere è facile da ottenere.

CAPITOLO UNO

Il fuoco bruciava, luminoso e caldo.

Fu il primo pensiero di Carter Marshall quando scoppiò l'esplosione.

Quando si era gettato sul corpo di Thea e aveva cercato di assorbire il grosso del calore non aveva pensato a quello che sarebbe potuto succedere, nemmeno per un attimo.

Che *calore*.

Scottava terribilmente.

Carter ridacchiò tra sé mentre ci ripensava. Era ovvio che il fuoco fosse caldo. Era ovvio che bruciasse. Era ovvio che strinasse. Per fortuna non era riuscito a sentire l'odore della propria pelle che bruciava. Ma aveva percepito quello della farina e dei dolci mentre il forno industriale della pasticceria esplodeva davanti a loro.

Aveva sentito le urla, venivano soprattutto da Thea e forse da lui stesso. Aveva sentito la gente che correva da loro. Aveva sentito gli altri urlare.

Aveva sentito tutto, ma non aveva percepito molto.

Forse non avrebbe dovuto provare nulla. Forse in quel momento doveva andare così.

Per lo meno lo aveva pensato quando aveva cercato di non sentire nulla, quando aveva cercato di assicurarsi che Thea stesse bene e che *forse* lui potesse uscire da quell'inferno.

Poi si era svegliato e non era morto.

Non era solo.

C'era Roxie.

C'erano i Montgomery.

C'era qualcuno con lui.

Aveva sempre pensato che sarebbe stato solo e gli era di conforto sapere che ci fosse qualcuno. Per lo meno... lo era stato.

Qualcuno aveva cercato di distruggere una parte di Colorado Icing, la pasticceria della cognata. Nel farlo, quella persona aveva quasi ucciso la sorella dell'amore della sua vita. Aveva quasi ucciso Thea e lui stesso.

In quel momento, Carter si trovava in un letto di

ospedale a chiedersi cosa diamine fare, perché l'esplosione era solo l'inizio.

Il calore, le fiamme, sì, avevano bruciato con forza e rapidamente.

Ma il dolore sordo che gli correva lungo il fianco e nel cuore... quello sarebbe durato a lungo. Con *quello* avrebbe dovuto convivere.

"Stai bene?" gli chiese Mace mentre aggrottava la fronte. Carter si voltò a guardare l'uomo con i capelli scuri e i tatuaggi che gli spuntavano dalle maniche. Mace era rimasto lì per più di un'ora ad aspettare. Aspettava come facevano tutti loro.

Carter quasi alzò le spalle per dire che stava bene, poi si fermò appena in tempo. Aveva delle ustioni piuttosto gravi lungo il fianco e la gamba, qualcuna persino sul collo. Per quello alzare le spalle gli avrebbe fatto un male infernale.

Sarebbe stato bene, i dottori glielo avevano ripetuto più volte. Non doveva nemmeno preoccuparsi delle infezioni tanto quanto avrebbe dovuto se fosse rimasto anche solo un secondo in più in quell'incendio. Ma dato che le fiamme gli erano passate sopra e si era appiattito il più possibile addosso a Thea, sarebbe stato bene. Beh, per quanto gli era possibile con le ustioni gravi lungo il fianco, anche se non era in pericolo di vita. Aveva piena capacità di muoversi, o l'avrebbe avuta. *Starò bene*, si ripeté.

In teoria.

Alla fine, rispose a Mace. "Sto bene, sono solo stanco." Non fece la domanda che voleva porgli. Non gli chiese quello che avrebbe voluto appena si era svegliato e aveva visto Mace al proprio fianco.

Era il secondo giorno dopo l'esplosione e mentre lui dormiva durante l'operazione, le cose per la famiglia erano finite sottosopra. Thea era stata dimessa dall'ospedale perché per fortuna, non stava male quanto Carter. Poi, era andata a vedere che fosse successo al suo ragazzo, dato che era andato via e non era più tornato. Evidentemente, Dimitri era rimasto ferito in un altro incidente e si trovava nella stessa clinica di Carter.

Ai Montgomery piaceva proprio andare all'ospedale.

Carter avrebbe dovuto saperlo, dopo tutto aveva sposato una Montgomery e aveva passato più tempo negli ospedali con Roxie di quanto gli sarebbe piaciuto ammettere. Ricacciò in gola la bile causata dal dolore e cercò di allontanare quei pensieri. Aveva dovuto farlo spesso, quando si era trattato di Roxie. Non poteva rimuginarci.

Era meglio per entrambi, doveva concentrarsi sul presente e non sul passato... e di certo non sul futuro.

Mace si chinò in avanti con un'aria preoccupata. "Ti posso portare qualcosa?"

Carter scosse la testa per quanto poteva. "Sto bene. Mi annoio." Era vero, più o meno.

Mace ridacchiò. "Beh, non voglio mentirti ma sono felice che ti annoi. Perché sei qui e lo puoi fare."

"Mi sa di sì. Se ho il tempo di annoiarmi, significa che ho il tempo di guarire. Preferirei farlo a casa, però."

Ma subito dopo aver pronunciato quelle parole, Carter non era sicuro che fosse vero. Casa era un posto imbarazzante, non era facile starci. Era piena di ricordi, impilati l'uno sull'altro come mani di vernice che non erano mai state rimosse.

Gli toglieva il fiato.

Si sentiva soffocare, cercava di capire cosa dire, di non pestare i piedi a nessuno, nemmeno a se stesso. Lo odiava, ma non sapeva come fermarsi. Non sapeva come migliorare la situazione.

Non sapeva *se* si potesse migliorare.

Sarebbe stato più facile se non avesse amato Roxie. Le cose erano più facili se l'amore non faceva parte dell'equazione.

"Carter?"

Carter tornò di nuovo alla realtà, doveva. "Che c'è?"

Mace parlava a voce bassa e fin troppo cauta. "Sua madre l'ha mandata a casa. Ha detto che doveva farsi una doccia e dormire un po'. È rimasta in sala d'attesa o accanto a te da quando è corsa al pronto soccorso, appena abbiamo saputo dell'incidente. Sai che lei sarebbe qui se potesse. Ma i suoi l'hanno quasi trascinata fuori dalla stanza per farla riprendere ed è per questo che qui ci sono io."

Carter in quel momento non poteva pensarci. Non voleva che lei lo vedesse così. Già si sentiva uomo solo in parte quasi ogni volta che la vedeva. Ma così? Debole e non se stesso? Non voleva permetterlo.

"Daisy dov'è?"

La *lei* di cui parlavano era Roxie ovviamente, ma potevano ritornarci. Era bello che il cognato di Carter fosse lì (o futuro cognato, se Mace e Adrienne avevano qualcosa da dire al riguardo). Ma quell'uomo aveva una figlia a casa ed era l'unico a occuparsi di lei da quando la mamma di Daisy se n'era andata. Tra Adrienne, Mace e gli altri Montgomery c'era sempre qualcuno che si occupava dei bambini, ma a Carter non piaceva tenere Mace lontano dalla figlia.

"È con le mie sorelle, sono venute da Denver," rispose Mace. Carter annuì, grato del fatto che le due parenti di Mace fossero venute per aiutarlo. Sapeva che non vedevano molto la nipote e cercavano di fare più spesso il viaggio da un'ora e mezza, ma comunque a Carter non piaceva il fatto che tutti avessero dovuto cambiare i loro piani per causa sua.

Decise di spostarsi su un altro argomento. "Hanno trovato il colpevole? Del sabotaggio, dico."

Mace annuì. "Sì, c'è stata una persona che l'ha effettivamente messo in atto, ma quella che l'ha orchestrato... Molly? Finirà dietro le sbarre o riceverà l'aiuto che le serve. Ha anche aggredito Dimitri, nella loro vecchia casa. C'era qualcosa che non andava, ma il fatto che sia arrivata fino a questo punto mi fa arrabbiare tantissimo. Avrebbe potuto fare del male a molte più persone. *Ha* fatto del male a molte persone."

"Sono felice che Thea non fosse lì da sola, sai?" disse Carter mentre strappava la lanugine dalla coperta.

"Non credo che qualcuno di noi voglia pensarci. Credo che Adrienne sia pronta a spezzare le gambe a qualcuno per quanto è arrabbiata."

"Beh, la tua ragazza si è difesa quando ce n'è stata la necessità e vuole difendere gli altri quando può. Se volesse, mi potrebbe prendere a calci nel sedere."

"Credo che potrebbe farlo a tutti, soprattutto con te fuori combattimento. Ma starai bene, tornerai presto in forma e ce la farai vedere. Soprattutto se tieni conto che tra tutti e quattro noi (e intendo te, Dimitri, Shep e io), sei quello più grosso."

"Beh, devo esserlo per lavoro."

"Questo è vero, tra due tatuatori e un insegnante, il meccanico che deve sollevare qualcosa di diverso da una penna o da una matita è facile che sia il più muscoloso."

"Andrà tutto bene Carter, assicurati di dirlo a tua moglie," concluse Mace a voce bassa.

Carter non disse nulla, sapeva che Mace cercava informazioni. Era così per tutti. Volevano tutti sapere cosa succedeva tra Roxie e Carter e lui odiava non avere risposte da dare. Vedeva gli sguardi, sentiva i bisbigli. Non era il meccanico stupido che gli altri spesso credevano fosse.

I Montgomery potevano volergli bene, potevano averlo accolto in famiglia quando non aveva nessun altro, ma non era uno di loro, non proprio. Lui era quello che aveva studiato come meccanico e aveva seguito un paio di corsi di economia per aprire il negozio. Era quello che si era innamorato di qualcuno che non avrebbe mai pensato che avrebbe ricambiato.

Ed era quello che si era sposato perché riteneva che fosse la scelta giusta, quello che aveva pensato di farlo perché sarebbe andato tutto meglio. Perché la amava.

La gente si chiedeva che ragioni c'erano dietro.

Non erano affari loro.

Carter amava Roxie Montgomery.

Ma non sapeva più se l'amore bastasse.

"Vado a prendermi qualcosa da bere. Shep arriverà presto a darmi il cambio. Tu vuoi qualcosa?"

"Sto bene così. Posso chiamare l'infermiera se mi serve qualcosa, ma credo che riposerò un po'."

Carter non voleva parlare con nessuno, non voleva nemmeno avere qualcuno accanto. Voleva solo guarire e capire quale fosse il passo successivo. Sembrava che ci pensasse da una vita. Qual era il passo successivo da fare con l'attività? Qual era il passo successivo con la sua vita? Con la donna che non gli parlava?

"Anche Roxie dovrebbe arrivare presto," disse Mace mentre si avviava verso la porta. "Non credo che la madre riesca a tenerla lontana troppo a lungo. Sono sicuro che abbiano dovuto trascinarla via e probabilmente hanno spaventato anche le infermiere e il personale per mandarla a casa. Ma tornerà."

"Sì, tornerà." Carter non disse altro mentre Mace si allontanava, poteva solo chiedersi quanto sarebbe rimasta Roxie quando sarebbe tornata.

Odiava quella situazione, odiava non sapere niente. Era sempre stato quello il problema, il non sapere, la sensazione di essere due passi indietro come se fosse un dannato idiota. Ultimamente, più pensava alla moglie, più Carter non riusciva a fare a meno di sentirsi stupido. Era colpa sua, non era mai stata di Roxie. Ma avrebbe dovuto pensare a come affrontare quella sensazione.

Nel profondo, Carter sapeva che l'incidente avrebbe solo reso le cose più difficili a tutti.

Si sistemò a letto per un pisolino e si accorse che Shep, il fratello di Roxie, era entrato, lo aveva controllato e poi era andato via di nuovo. Entrarono un altro paio di persone e pensò fossero infermiere e medici. Era stanchissimo. Il corpo esausto e dolente come la mente. Il cuore gli faceva male.

Odiava sentirsi così. Era un uomo che lavorava con le mani, sapeva come muoversi quando si trattava di quello che aveva davanti. Ma ciò che lo circondava, che era in agguato alle sue spalle? Non riusciva a smettere di pensarci. Era un sentimento che non riusciva a controllare e temeva che gli sarebbe potuto sfuggire dalle dita.

Qualche ora dopo si aprì la porta e Carter si accorse che *lei* era lì prima ancora di vederla. Carter sapeva che era lei persino sopra l'odore del disinfettante e di tutti gli unguenti che aveva addosso. Aveva provato diversi profumi e creme, ma c'era sempre solo l'odore di Roxie. Quello che era unicamente suo, dolce e leggermente floreale. Forse un po' speziato certi giorni. Indipendentemente da quello che indossava, da quanto fosse stata lunga la giornata o da quanto tempo non faceva una doccia, era sempre Roxie.

La sua Roxie.

Carter si trattenne dal passarsi una mano sul cuore al pensiero. Poteva ancora chiamarla la sua Roxie, o no?

Non era sua da un po', a discapito di quello che dicevano i documenti.

Diamine, Carter si odiava.

Non poté fare a meno di chiederselo: se si fosse odiato ancora, avrebbe finito con l'odiare anche lei?

"Sei sveglio," disse Roxie a voce bassa, con esitazione.

Era sempre molto cauta con lui.

Dov'era finita la donna impetuosa? Dov'era finita la donna che non riusciva a togliergli le mani di dosso, così come lui non riusciva a toglierle da lei?

"Già."

Carter non sapeva che altro dire. Come faceva a non sapere cosa dire alla donna che amava con tutte le proprie forze? Che diamine avevano che non andava?

O meglio, che diamine aveva *Carter*?

Doveva solo aprire la bocca e dire qualcosa, qualunque frase. Dirle come si sentiva. Che la amava. Che voleva che funzionasse. Che potevano trovare un modo per capire che *cosa* ci fosse. Ma non sapeva come muoversi. Non quando lei sembrava così infelice, così... non Roxie, quando era con lui.

Carter non voleva costringerla ad amarlo. Non voleva spingerla a stare con lui, a parlargli, a raccontargli le proprie paure quando, nel profondo, sapeva che era *lui* la sua paura.

Avrebbe perso tutto quello che aveva sempre voluto e non sapeva come reagire. Non stava affrontando bene la situazione.

Carter la guardò negli occhi blu e si costrinse a non implorare. Non avrebbe fatto bene a nessuno dei due e dato che era imbottito di antidolorifici, temeva di dire qualcosa di insensato.

Quando Roxie andò a sedersi accanto a lui, Carter si voltò e la fissò, voleva imprimere nella mente il suo viso, conservarlo fra i propri ricordi, ma aveva la sensazione che avessero troppo poco tempo. Secondi e attimi passavano in un battito di ciglia, come sabbia che scorreva tra le dita e lui non ci si poteva più aggrappare.

Roxie mise una mano su quella del marito e lui quasi spostò la propria, sorpreso non solo di quel gesto ma anche della propria reazione. Girò la mano e strinse quella della moglie, come se sapesse che se l'avesse lasciata andare, sarebbe stato per sempre.

"I medici dicono che starai bene. Che presto potrai tornare a casa." Roxie non lo guardava in faccia ma fissava le loro mani unite.

Carter non voleva lasciarla andare.

Non avrebbe mai voluto farlo.

Si schiarì la gola e guardò la moglie con il desiderio che lei ricambiasse. "L'ho sentito anch'io. Forse un'altra notte o due mentre mi preparano per la fisioterapia e si assicurano che non prenda qualche infezione, poi posso tornare a casa."

Lei annuì rapidamente sempre senza guardarlo direttamente. "Sono... sono felice." Roxie si schiarì di nuovo la gola. "Mi... mi dispiace tanto che tu sia rimasto ferito, Carter. Non riesco a credere che sia successo. Non so che avrei fatto, se..." Non finì la frase, ma non ce ne era bisogno.

Nemmeno Carter sapeva che avrebbe fatto se l'avesse persa.

Al solo pensiero gli venne da vomitare.

"Sto bene, Roxie."

Lei alzò lo sguardo quando lo sentì pronunciare il suo nome e Carter si rese conto di non averlo detto ad alta voce da troppo tempo. Doveva rimediare. Molte cose dovevano cambiare.

Certe volte, però, non si poteva tornare indietro.

"Non mi piace vederti ferito."

"A me non piace esserlo."

"Grazie." Roxie si leccò le labbra. "Grazie per aver salvato mia sorella." Si asciugò una lacrima e Carter si rese conto che non piangeva per lui, ma per Thea. Forse era tutto troppo per lei, o forse non lo amava abbastanza da infrangere quella barriera.

"Thea è parte della famiglia," le disse e studiò il viso di Roxie in cerca di una reazione.

Lei si limitò ad annuire mentre continuava a guardare le loro mani unite. "E tu sei il tipo che rischia la vita per la famiglia, per gli estranei, per... tutti." Fece un sospiro tremante. "Sei un brav'uomo, Carter."

Carter non sapeva perché quelle parole gli facevano male. Non avrebbero dovuto, ma d'altronde molte cose facevano male ultimamente.

Rimasero in silenzio per qualche altro attimo e poi parlarono della famiglia, ma mai di loro due. In quello erano bravi, parlare senza dire niente. Carter non sapeva come sistemare la situazione senza ferirla.

Si sarebbe fatto del male da solo, piuttosto.

Ci vollero altri cinque giorni prima che Carter potesse tornare a casa e sapeva che la fisioterapia e la guarigione non sarebbero state facili. Ci sarebbe voluto tempo. Tempo che non aveva con il negozio, anche se il suo staff lavorava sodo per lui. Tempo che non aveva perché sapeva che sarebbe stato difficile per la moglie.

Ma ce l'avrebbe fatta.

Non aveva altra scelta.

Fu Roxie a portarlo a casa, aveva detto al resto della famiglia che poteva farcela. A Carter non dispiaceva perché non voleva che gli altri li guardassero, che cercassero di capire che succedeva sotto la superficie. Voleva stare da solo, voleva guarire. Voleva sistemare la situazione tra lui e la moglie.

Quando entrarono in casa, Carter fece una smorfia a ogni passo, camminò piano e cercò di prendere fiato.

"Aspetta, lascia che ti aiuti," disse Roxie dopo aver chiuso la porta d'ingresso. Gli scivolò sotto il braccio buono e si strinse al fianco illeso per reggere parte del peso del marito. "Appoggiati a me, ci sono io."

Carter avrebbe tanto voluto che fosse vero.

Perché non la stava nemmeno guardando.

Non la sentiva nemmeno davvero.

Al contrario, guardò la credenza accanto all'ingresso, la pila di documenti e cartelline che non c'erano prima che lui restasse ferito. La posta consegnata in buste immacolate e professionali.

Conosceva quello studio.

Conosceva il nome sull'etichetta.

Sapeva esattamente di cosa si trattasse.

Non poteva guardare la moglie, la sua Roxie.

Perché lui aveva ragione.

Non era sua.

Perché quei documenti significavano che era finita.

"Mi avresti detto dei documenti per il divorzio, o volevi aspettare e vedere se li notavo?" le chiese, con la voce priva di emozioni.

Quando Roxie non disse nulla, Carter si spostò e se ne andò.

Non poteva sistemare la situazione.

Nessuno poteva.

Aveva perso la sua Montgomery, il suo cuore.

E non si poteva tornare indietro.

CAPITOLO DUE

Roxie Montgomery non riusciva a respirare. Come aveva fatto a essere così sbadata, così stupida? Nella fretta di andare all'ospedale a prendere Carter dopo il lavoro e dopo aver affrontato un problema dopo l'altro, si era dimenticata di aver buttato la posta sul tavolo senza nemmeno guardarla.

Come aveva fatto a non notare il peso di quella decisione sul cuore e fra le mani mentre correva dal marito?

Roxie guardò verso Carter che zoppicava lentamente e si costrinse a non corrergli dietro. Si costrinse a non dargli una spiegazione, perché non ne aveva una.

Le faceva male la testa, tutto il corpo e le sembrava di non dormire bene da giorni. Ma non riposava bene da quando aveva sentito che Carter era rimasto ferito.

Non importava che la mamma avesse cercato di metterla a letto come quando era una bambina e avesse cercato di farla dormire così avrebbe avuto abbastanza energie. Non c'era abbastanza forza al mondo per affrontare quello che doveva succedere. Dopo tutto, ne aveva a malapena abbastanza per quello che stava accadendo in quel momento.

Roxie non riusciva a credere di aver lasciato i documenti in bella vista, né di non essersene nemmeno accorta. Era dovuta andare in ufficio per inviare alcune carte di fine anno di cui non riusciva a liberarsi. Erano un piccolo gruppo e Roxie doveva lavorare più degli altri per dimostrare che poteva salire di grado, anche solo per dimostrare a se stessa che era brava in quello che faceva.

Anche se avrebbe potuto dare quelle carte a qualcun altro, o non poteva lasciare che se ne occupasse un'altra persona (non poteva farlo ai suoi clienti), o aveva paura di quello che sarebbe successo appena sarebbe entrata nella stanza di Carter.

Perché di recente stare con lui era imbarazzante, anche se lei non voleva.

Roxie odiava le situazioni imbarazzanti. Odiava quello che ne era stato di loro. E la situazione sarebbe solo peggiorata.

Ma, dopo aver fatto quello che doveva, Roxie era

scappata dall'ufficio, il posto in cui era andata per un solo cliente, un solo foglio di carta, ed era andata di nuovo da Carter per aiutarlo a tornare a casa. Lui comunque non l'aveva voluta accanto, non l'aveva voluta con lui mentre cercava di guarire.

Roxie non sapeva se era perché non voleva che lo vedesse debole (perché Carter era tutto fuorché debole), o se perché semplicemente non la voleva lì.

Perché, per il comportamento degli ultimi mesi, Roxie temeva che fosse per la seconda opzione.

Aveva sempre avuto paura che fosse per quello.

Dopo essere tornata a casa per qualche minuto dopo l'ufficio prima di andare da Carter, aveva controllato la posta ma l'aveva buttata sul tavolino dell'ingresso. Non aveva nemmeno notato che era più pesante del solito, che c'era la busta che aspettava e che pesava più in ricordi e in significato che nella carta stessa.

Non se n'era accorta perché era stata troppo preoccupata per Carter e di quello che lei avrebbe detto se lui fosse davvero riuscito a tornare a casa.

Riusciva solo a immaginarselo a letto, che dormiva, con il viso rilassato. Perché ultimamente non lo sembrava mai. Tra il lavoro e tutto quello che succedeva tra loro c'era sempre quella piccola ruga tra le sopracciglia, come se Carter stesse pensando a qualcosa che gli faceva male. Ci pensava con tanta intensità da non sapere cosa dire alla moglie. Ma nemmeno lei sapeva cosa dirgli.

Non erano più gli stessi di quando si erano sposati. Non erano più nemmeno le stesse persone che erano al primo appuntamento.

E evidentemente, non erano più le stesse persone di prima dell'incidente.

A Roxie tremavano le mani. Si asciugò rapidamente una lacrima, infastidita per aver mostrato dolore. Non poteva piangere per lui, non poteva provare qualcos'altro o si sarebbe spezzata. Perché lui le mancava tantissimo, tutto di lui, anche solo l'idea di lui. E lo aveva quasi perso.

Non solo sua sorella era quasi morta, ma Roxie aveva anche quasi perso suo marito.

Il marito che non conosceva più.

Il marito a cui temeva di dover dire addio perché non c'era più nulla a cui aggrapparsi.

La gente diceva che era facile parlare dei propri problemi, che tutto si poteva sistemare con una semplice conversazione. Beh, non era quello il caso. Perché la parte difficile era determinare quello che avrebbe detto l'altro una volta che gli si era parlato. E Roxie non voleva saperlo.

No, non era giusto.

Lei lo sapeva *già*.

E temeva che una volta sentite quelle parole, non sarebbe più stata *Roxie*.

Era da egoisti.

Doveva tirar fuori gli attributi e *non* essere egoista.

Ma... ma non era così facile.

Roxie non voleva sentirsi dire da Carter che non l'amava più. Non voleva sentirgli dire che non conosceva più la persona che lei era diventata. Non voleva sentirsi dire che il motivo per cui si erano sposati non c'era più ed era inutile fingere che tutto quello che avevano non fosse in equilibrio su un precipizio che si affacciava su un abisso, sperando che ci fosse una luce nell'oscurità.

Quando gli altri dicevano che bastava parlare dei propri problemi e che tutto si sarebbe sistemato, non erano loro a dover parlare. Non erano loro a dover formare le parole. Non erano loro che dovevano capire cosa dire per scoprire come si sentivano, o restare ad ascoltare quando qualcuno diceva che non era più innamorato.

O forse che l'amore non era abbastanza.

Perché Roxie pensava che Carter potesse ancora amarla, anche se forse non amava più la stessa *lei* che era diventata.

Perché, dopo tutto quello che era successo, Roxie non poteva essere la stessa.

Non poteva essere la Roxie che aveva cominciato la relazione. Non poteva essere la donna che aveva inizialmente provato quell'attrazione.

E non sapeva se volesse essere ancora quella persona.

Ma sapeva anche che non le piaceva chi era diventata. Se lei stessa non si piaceva, come poteva piacere a Carter?

Allontanò quei pensieri e passò un dito sulla busta che la informava che il suo matrimonio era finito. Ormai Carter l'aveva vista. Non si poteva tornare indietro.

Roxie doveva lasciarlo andare perché lo amava con ogni fibra del proprio essere. Perché certe volte, lottare finiva col diventare ancora più difficile.

Perché certe volte, lottare significava spezzarsi in due e a Roxie non restava molto da dare di sé.

Roxie non avrebbe voluto che Carter vedesse i documenti in quel modo, anche se non era ancora riuscita a trovarne un altro per farglieli vedere. Le cose tra loro non funzionavano ed era meglio accettare il fallimento prima di finire a odiarsi e farsi del male più di quanto non avessero già fatto. Una separazione sarebbe stata più facile per entrambi. Perché non si erano sposati per i motivi giusti e di certo Roxie non voleva restare sposata per quelli peggiori.

Ma prima di poter fare qualcosa, doveva assicurarsi che Carter stesse bene. Perché era quasi morto per salvare Thea e Roxie non lo avrebbe sbattuto fuori di casa né costretto a stare lì da solo mentre si stava ancora rimettendo. Meritava molto di più perché era ancora l'uomo che lei aveva sposato, o almeno lo erano delle parti di lui.

Roxie avrebbe potuto pensare al resto più tardi.

Dopo tutto, era quello che si ripeteva da più di un anno.

Ruotò le spalle all'indietro, si passò le mani sulla camicetta per stirare delle pieghe che non c'erano e andò da Carter.

La loro camera da letto era al piano di sopra e Roxie non era sicura che lui avesse le energie o le forze per arrivare fino a lì.

Per cui, era andato nella stanza degli ospiti. Roxie non sapeva perché le facesse così male.

Non si toccavano mentre dormivano nello stesso letto, di recente. Erano stati due estranei che dormivano uno accanto all'altra, cercavano di non parlare di quello che era importante mentre ignoravano tutto quello che lo era.

Roxie odiava non poter dire a Carter quello che

pensava perché il problema era che non lo sapeva. Forse, se avesse avuto un po' di spazio, avrebbe potuto capirlo. Ma non c'era tempo. Roxie non lo avrebbe costretto a stare con lei quando, alla fine, si sarebbero fatti del male a vicenda. Avevano bisogno dello spazio che avevano cercato disperatamente di evitare.

Roxie ricacciò indietro un singhiozzo, proprio come aveva fatto in precedenza quando si trattava di Carter. Non poteva piangere, non in quel momento. Mai, i suoi sentimenti non importavano. Contava solo assicurarsi che lui fosse vivo e in salute. Una volta che fosse stato così, potevano pensare al passo successivo.

Non importava che Roxie si odiasse ogni giorno di più.

Non importava che lei avesse la sensazione che lui l'avrebbe odiata.

Perché erano fatti così. Erano Roxie e Carter, l'enigma dei Montgomery di Colorado Springs.

E lei non era sicura che si amassero ancora.

Lei amava l'*idea* di lui, ma non lo conosceva davvero più. Come faceva a innamorarsi di qualcuno che non conosceva?

"Carter?"

"Sono qui," disse lui dal bagno degli ospiti. Lei annuì anche se lui non poteva vederla e lo raggiunse dopo essersi tolta le scarpe.

"Ti posso aiutare?"

"Non so con cosa potresti aiutarmi." Aveva la voce dura.

"Carter," quello di Roxie fu un sussurro, non sapeva che altro dire.

"Roxie, ormai non sono sicuro di cosa potresti dire per sistemare la questione. Ma è questo il nostro problema, no?"

Lei si bloccò, cercava di capire cosa intendesse lui con quelle parole. Perché era la prima volta che le accennava a quello che non andava tra loro. Erano bravissimi a girare intorno ai problemi e ad assicurarsi che l'altro stesse bene. Ma lei lo amava abbastanza da lasciarlo andare. Anche se prima di farlo, doveva assicurarsi che lui stesse bene.

Con quei pensieri, Roxie cominciò a odiarsi ancora di più. Era per quello che sapeva che doveva andare via. Perché non era sicura di potersi piacere, se quella era la persona che stava diventando. Una persona che non parlava e sprofondava dentro se stessa. Una persona fredda. Non le piaceva e, per assicurarsi che non succedesse, avrebbe fatto in modo che la persona, la causa di quel cambiamento, non ci fosse più.

E non era Carter.

Era lei. Era Roxie quando stava con Carter.

"Fatti aiutare con le bende, le infermiere mi hanno insegnato come si fa. E poi ti metti a letto."

"Non andrò di sopra, Roxie."

"Lo so."

Lui fece un sospiro tremendo. "Già, forse dovrei dormire nella stanza degli ospiti in ogni caso, no?" Non sembrava arrabbiato, beffardo. Il fatto che non ci fosse emozione nelle parole di Carter feriva Roxie ancora di più.

Ma era quello che lei voleva, giusto? Lasciarlo andare. Lasciare che fosse l'uomo che doveva essere, così lei poteva capire la donna che era.

Anche se una piccola parte di lei si era spezzata, si era distrutta in mille pezzi con ogni parola che lui aveva pronunciato.

"È al piano terra, ho pensato che sarebbe stato meglio per la gamba mentre ti rimetti."

"Dobbiamo ignorare i documenti per il divorzio sul tavolino che si prendono gioco di noi?" Carter le dava le spalle, ma la guardava dallo specchio. Roxie ne vedeva l'espressione di pietra, l'oscurità negli occhi. Non sembrava arrabbiato, né triste. Sembrava il Carter che vedeva da tempo. Quello che non riusciva a decifrare.

Roxie non sapeva se lui si stesse proteggendo o se non gli importasse.

Lei non se ne sarebbe andata mentre lui era così abbattuto, però. Una volta che fosse tornato in forze, avrebbe pensato al passo successivo.

Ma dovevano prima arrivarci.

"Non so che vuoi che dica, Carter. Non dovrebbe essere una sorpresa." Roxie non sapeva di chi fosse quella voce, quella fredda e composta, calma e quasi gelida. Non era la Roxie che conosceva, ma non riusciva a fermarsi. Era come un meccanismo di difesa e lo odiava.

"Capisco." Carter strinse le dita sul lavandino e lei avrebbe voluto allungare una mano per mettergliela sulla schiena per calmarlo, come faceva un tempo. Ma si trattenne. Lui in quel momento non voleva essere toccato e Roxie non era sicura di riuscirci.

"Non cambierà niente adesso, Carter. Non è possibile. Devi stare bene, devi rimetterti. E ti aiuterò."

"*Poi* mi sbatterai fuori?"

Roxie ingoiò l'aria.

"No, non rispondere. Non dobbiamo parlarne. Mi rimetterò il prima possibile, poi me ne andrò. Hai sempre amato questa casa e non resterò se non mi vuoi qui." Poi si voltò e la superò. Non la toccò nemmeno mentre usciva dalla porta. Roxie si chiese perché non si fosse messa a piangere. Si chiese perché non le facesse più male.

Non doveva fare male, quando si spezzava il cuore? Non doveva fare male, quando finiva tutto quello che pensavi di conoscere?

Perché non piangeva? Perché non riusciva a farlo per il marito, l'uomo che aveva creduto di amare?

Aveva pianto per la sorella e Thea non stava male quanto Carter. Singhiozzava per le pubblicità e per le telefonate che finivano con l'essere stressanti. Aveva pianto per canzoni e ricordi.

Ma non riusciva a piangere quando importava. Non riusciva a piangere quando Carter la superava come se fosse un'estranea. Non riusciva a piangere quando tutto quello che aveva creduto di desiderare le scivolava tra le dita.

Forse c'era un motivo.

Forse aveva detto a se stessa che era quello che desiderava ma siccome non stava andando come aveva voluto lei, al suo cuore e alla sua mente non importava.

Ma faceva male, tantissimo.

Faceva male sapere di avere qualcosa di sbagliato, qualcosa dentro di lei che non poteva aggiustare. E non pensava che stare lì anche dopo che Carter fosse guarito avrebbe cambiato la situazione.

Perché lei si sarebbe odiata comunque, alla fine.

Forse più di quanto lui la odiava.

Carter si mise lentamente a letto con una smorfia

di dolore. Roxie gli si avvicinò e tirò indietro le coperte prima di aiutarlo a stendersi. Ciò la costrinse a mettergli una mano sul fianco e sulla spalla. Il corpo del marito scottava, il calore che irradiava da lui quasi le bruciò il palmo.

Era sempre stato in forma, muscoloso ma magro. A Roxie era sempre piaciuto l'aspetto di Carter, la sensazione che le dava quando era sopra di lei.

Roxie aveva venerato il suo corpo, tanto quanto lui aveva fatto con quello di lei, ed era difficile ripensare che si stava allontanando da tutto, prima che potesse farlo lui.

Carter si bloccò a quel contatto, poi si lasciò aiutare a mettersi a letto.

Fu in quel momento che Roxie si rese conto che lui stava davvero male, perché non lasciava mai che qualcuno lo aiutasse.

Carter era del tutto autosufficiente, bravissimo ad assicurarsi che tutto quello che faceva fosse preciso. Non lasciava che Roxie lo aiutasse mai con nulla, per cui il fatto che le stava permettendo di aiutarlo significava che stava male.

Anche se Roxie non voleva vederlo soffrire, non voleva nemmeno pensarci, non avrebbe mai pensato che Carter fosse il tipo d'uomo che si arrendeva.

No, quella era lei.

Era lei che gettava la spugna. Si arrendeva prima che facesse ancora più male.

"Posso portarti qualcosa da mangiare o da bere?"

Lui scosse la testa, poi fece una smorfia. "Forse degli antidolorifici. Credo che sia ora di prenderli, giusto?"

Roxie annuì poi prese il telefono per controllare l'orario. "Hai ragione, in realtà siamo un po' in ritardo. Probabilmente è per questo che ti fa così male. Te li vado a prendere. Ma non dovresti prima mangiare qualcosa?"

"Credo di sì. Ma posso andare a prendermelo da solo," disse Carter mentre cercava di uscire dal letto.

Roxie gli mise le mani sulle spalle, senza esercitare davvero pressione, ma lui non si oppose.

Non si opponeva mai.

Forse era quello il problema.

"Posso portarti della minestra e abbiamo quei cracker che ti piacciono tanto. Dammi qualche minuto. Ho il frullato proteico, se vuoi prendere le pillole con quello. In quel modo puoi buttare giù subito qualcosa."

"Per me va bene." Non la guardava e Roxie voleva crollare. Ma come sempre non cedette. Non poteva.

Sembrava che Carter volesse dire qualcosa, ma non riusciva nemmeno a guardarla. Era perché la odiava o per altro? Roxie non riusciva a pensare a quale potesse essere il motivo, però. Non quando poteva vedere l'espressione del marito. Non riusciva a decifrarla, non come avrebbe voluto, ma c'era qualcosa di diverso in lui. Qualcosa che diceva che, appena sarebbe riuscito ad alzarsi dal letto con facilità, sarebbe finita.

E lei non sarebbe crollata per quello.

Non poteva permettersi di crollare per quello.

Anche se parte di lei voleva chinarsi e baciargli la fronte, Roxie non lo fece.

Si allontanò e andò in cucina. Voleva dire qualcosa a Carter, fargli sapere che sarebbe andato tutto bene, che non voleva lasciarlo perché non lo desiderava più.

Ma dire a qualcuno di parlarne era facile. Parlarne davvero era difficile. Capire cosa dire significava realizzare che Roxie non era la persona che lui voleva. E lei non credeva di riuscire a sopportarlo.

Se ne andò e sapeva che presto si sarebbe allontanata di nuovo e, in quel caso, non sarebbe tornata.

Fu in quel momento che pianse. Lentamente ma con decisione, fu in quel momento che iniziò a crollare.

Ma non era ancora a pezzi.

CAPITOLO TRE

Le cene di famiglia dai Montgomery non erano più imbarazzanti perché Carter era quello nuovo, ma gli davano la sensazione di sentirsi a casa perché era stato accolto come uno di famiglia.

Ma lui non sapeva più cosa pensare, sapeva solo che avrebbe voluto trovarsi ovunque tranne che seduto su quel divano con loro a cercare di non fissarli. Gli faceva male tutto. La testa gli doleva ancora di più per lo sforzo di doversi comportare come se fosse tutto normale. Ed era sicuro di avere il cuore così anestetizzato da non poter sentire più nulla.

Era passato quasi un mese da quando era stato dimesso e, anche se si stava ristabilendo, non aveva ancora tutta l'energia necessaria per superare la giornata senza avere la sensazione di essere stato investito da un camion.

Faceva la fisioterapia e aveva recuperato quasi tutta l'abilità di movimento, ma non riusciva a stare in piedi otto ore al giorno e lavorare. Non riusciva a fare quello che avrebbe dovuto per fare i bagagli e andarsene prima che Roxie lo cacciasse.

E non poteva dire a nessuno che era finita, che i documenti erano pronti per essere firmati, che doveva solo lasciare il proprio sangue su quella linea, mescolarlo all'inchiostro e porre fine a quello che pensava sarebbe stato il suo futuro.

Aveva passato quasi un mese nella stanza degli ospiti, non aveva dormito accanto a Roxie, non aveva sentito il corpo di lei accanto al proprio, non aveva percepito il suo calore mentre dormiva. Prima di trasferirsi in quella stanza dopo l'incidente, guardarla dormire era stato l'unico modo in cui Carter riusciva a vederla rilassata. Era sempre così stressata che Carter aveva sempre pensato fosse per il lavoro. Ma col tempo, aveva capito di essere lui il motivo.

Era stato un mese lungo, in cui Carter aveva solo cercato di rimettersi e capire cosa diamine combinare dopo. Il corpo non era messo male quanto temeva, ma il cuore? L'anima? Quelli avevano preso un colpo dopo l'altro e Carter temeva che l'uomo che ne sarebbe derivato non gli sarebbe piaciuto.

Era seduto sul divano, con la gamba sollevata anche se riusciva a reggere quasi tutto il suo peso, ma aveva fatto quello che voleva Roxie perché lei glielo aveva chiesto. Lo aveva guardato con quegli occhioni e gli aveva chiesto di sedersi e non stare tra i piedi. E lui aveva obbedito.

Forse lei glielo aveva chiesto perché non voleva che lui si facesse male, o forse perché non voleva guardarlo quando avevano tanti segreti che nascondevano agli altri.

Perché, da quel che capiva Carter, nessuno in famiglia e in quella casa sapeva che Roxie gli aveva chiesto il divorzio.

No, non era corretto. Roxie non glielo aveva chiesto. Lei aveva richiesto i documenti per il divorzio e non aveva nemmeno avuto la decenza di darglieli. Ma non era giusto, no? Non quando erano spuntati dal nulla. Forse Roxie aveva dei piani, piani di cui lui non sapeva niente. Nondimeno, non era come se lui non sapesse quello che faceva. Era tutto dannatamente complicato e Carter era stanco. Stanco di cercare di capire cosa volesse Roxie e cosa volesse *lui*.

Doveva solo guarire e poi avrebbe pensato al resto. Si sarebbe occupato di tutto molto meglio di prima perché non farlo aveva portato a quella situazione. Li aveva messi in quella posizione.

"Sei seduto lì come il diavolo in vacanza," disse Mace mentre si sedeva sul tavolino da caffè di legno accanto a Carter.

"Pensavo che il detto fosse 'come la morte in vacanza'."

"È vero, ma cerco di non dire *morte* quando si tratta di te, visto che ci sei andato vicino." Mace gli fece l'occhiolino, anche se Carter sapeva che l'altro si era preoccupato. Diamine, tutta la famiglia si era preoccupata. Carter non gliene faceva una colpa, visto che anche lui aveva avuto paura, ma era stanco di essere l'invalido di casa.

"Non ci sono andato così vicino," ribatté Carter. "E preferisci nominare il diavolo in casa Montgomery?"

Mace rise. "Beh, li hai conosciuti, no? Le imprecazioni fanno parte del linguaggio giornaliero."

Carter cambiò posizione sul divano con un sorrisetto. "Questo è vero." I Montgomery erano chiassosi, sfacciati e affettuosi. Erano riusciti a mescolare tutti quegli aspetti e a farli funzionare. Facevano sentire a Carter la mancanza dei giorni in cui aveva avuto una famiglia. Ma Roxie era diventata la sua famiglia... per tutto il tempo in cui l'aveva avuta. Significava che anche i Montgomery erano suoi. Anche se non per molto.

Mace sospirò. "Gli altri sono in cucina a preparare e parlare. Puoi venire anche tu, lo sai."

Carter scosse la testa. "No, non posso."

"Tutto quello che devi fare è fare il primo passo, Carter."

Carter sapeva che Mace non parlava solo di andare in cucina, ma l'amico non sapeva come fosse cambiato tutto, come sarebbe cambiato ancora di più appena Carter sarebbe stato in grado di stare in piedi per più di un'ora.

Perché era quasi completamente guarito, anche se in quel momento era sdraiato, soprattutto per fare contenta Roxie. Appena sarebbe stato meglio, tutto sarebbe cambiato di nuovo. E non pensava che i Montgomery lo avrebbero accolto ancora a braccia aperte. Non lo avrebbero più invitato a casa come se fosse anche la sua. Perché Roxie era il motivo per cui gli era permesso stare tra quelle mura. Potevano anche accogliere randagi con altre persone che non erano della famiglia, ma non era così che Carter era diventato una parte del gruppo. Era il marito di Roxie e, per quello, gli era permesso stare tra quelle mura sacre.

Ma senza Roxie? Carter sarebbe stato di nuovo da solo. In quello era bravo. Dopo tutto a parte il lavoro, non aveva realmente avuto granché prima di mettere gli occhi su Roxie Montgomery e innamorarsi perdutamente e in fretta.

Forse troppo e troppo in fretta.

Ma quello era il problema, non conosceva le mezze misure. Evidentemente, per Roxie era lo stesso.

E dovevano affrontare le conseguenze.

"Ok, puoi bere vino o birra con le medicine?" chiese Adrienne mentre entrava in salotto con una birra in una mano e un bicchiere di vino nell'altra. Diede entrambi a Mace e gli fece l'occhiolino. "Se non puoi bere nessuno dei due, sono sicura che se ne può occupare Mace."

Mace alzò gli occhi al cielo. "Grazie, cara donna. O dovrei dire, *mia* donna? Mi piace dire che sei la mia donna."

Adrienne socchiuse gli occhi rivolta verso il fidanzato. "Continua a dire che sono la tua donna con quel tono da cavernicolo e potrei..." Fece una pausa, guardò Carter e arrossì. Adrienne non arrossiva mai e Carter ebbe la sensazione che stesse per dire qualcosa che non voleva fargli sentire.

"Lascia stare, me ne vado e..."

Carter alzò le mani. "Non andare via per colpa mia. Sto qui sdraiato, a chiedermi che c'è per cena e di che parlate. E berrò quella birra, non prendo più gli antidolorifici." Quella era stata una decisione presa insieme al medico. Diamine, era quasi tornato alla normalità, ma temeva il momento in cui sarebbe riuscito a guardarsi allo specchio prima di dirlo a Roxie. "Mace può bere il vino."

Mace passò la birra a Carter, che ne bevve un sorso. "Giusto perché tu lo sappia, il vino mi piace." Mace bevve dopo aver inclinato il bicchiere verso Carter per brindare. "In più, i Montgomery hanno sempre del buon vino."

"Questo è vero. I Montgomery sanno come festeggiare."

Adrienne guardò Carter, che si rese conto che probabilmente avrebbe perso presto la testa. Non parlava molto e quando lo faceva, o grugniva o straparlava. Tranne che con Roxie, ovviamente. Quando era con lei, gli sembrava di essere se stesso. Per lo meno, una volta era così. All'inizio, Roxie lo aveva intimidito col suo aspetto, il suo modo di fare e il modo in cui era. Era bravissima in tutto, tranne quando si trattava di dipingere, ma quella era una battuta tra le sorelle.

Era così brava in tutto che Carter alle volte aveva la sensazione di cercare di mettersi in pari, come se lui non fosse abbastanza per lei. Ma era sempre stato così quando si trattava di quello che provava per Roxie. E non poteva evitare il fatto che certe volte quella sensazione si metteva in mezzo, però non poteva tornare indietro.

Il silenzio continuò e Mace si sporse verso Adrienne. "Com'è che hai reagito quando ti ho chiamato donna? La mia donna?" chiese Mace con voce roca. Ma sorrideva, per cui Carter si rese conto che stava dando spettacolo solo per lui. Non gli dispiaceva, stare su quel divano lo aveva annoiato a morte. Gli mancava il lavoro anche se era tornato da un paio di giorni in ufficio a rimettersi in pari. I suoi ragazzi avevano gestito l'attività ma c'era il pericolo di finire con il conto in rosso se non si metteva sotto a lavorare. Quindi avrebbe avuto dei turni lunghi.

Turni lunghi appena fosse stato bene. Il che significava non stare con Roxie.

Cavolo.

"Stavo per ribattere che se dici in quel modo che sono la tua donna... forse ti farebbe piacere se ti prendessi a calci negli stinchi," disse Adrienne con voce dolce. Un po' troppo dolce.

"Non è quello che stavi per dire."

"Ma è quello che dico adesso."

Adrienne si voltò verso Carter e si schiarì la gola mentre arrossiva ancora di più. "Possiamo portarti in cucina, se vuoi. Non devi restare qui ad aspettare che torniamo." Fece una smorfia. "Se Roxie non fosse alle prese con le patate fino ai gomiti, sarebbe qui, ne sono sicura."

Carter sapeva che era una bugia, ma non avrebbe corretto Adrienne. "Sto bene anche sul divano."

"No, per niente." Adrienne lo guardò dritto negli occhi e Carter voleva solo dire di smettere di provarci. Perché Roxie aveva smesso. E lui non si sarebbe aggrappato a una famiglia e a un'idea di relazione che non esisteva più. Non per orgoglio, perché non era certo di averne ancora. Era più l'idea che non si sarebbe costretto in una vita che non lo voleva.

E se non lo voleva, allora Carter non era sicuro che gli sarebbe piaciuto cercare di restare.

"Ok, cari, la cena è quasi pronta e ti sposteremo in sala da pranzo," disse la signora Montgomery mentre entrava in salotto.

Carter aveva sempre adorato i genitori di Roxie. Erano accoglienti e aperti. Sì, avevano sempre voluto saperne di più su di lui, anche se alle volte sembravano invadenti, ma aveva sposato la loro bambina e quello voleva dire che avrebbe dovuto affrontare gli interrogatori. Non significava che avrebbe detto loro tutto, però. Non c'era molto da dire.

Lui era solo Carter Marshall. Orfano, tutto solo in un vasto mondo di Montgomery che all'apparenza sembravano non finire mai, e sul punto di allontanarsi da Roxie perché lei voleva così. Carter non sarebbe rimasto dove non era voluto. Non restava mai, nemmeno nei giorni in cui sarebbe stato più facile farlo.

Avrebbe anche potuto non odiarsi il mattino dopo, ma forse più tardi.

"Posso arrivarci da solo," disse Carter, con un tono leggero. "Mi stavo godendo un po' troppo questo divano." Cercò di sorridere mentre lo diceva, ma si rese conto dal modo in cui Mace lo guardò che il sorriso non era arrivato agli occhi.

Carter era di pessimo umore e sarebbe peggiorato appena si fosse rimesso e avrebbe aspettato di fare il passo successivo, quello in cui si allontanava da tutto. Ma non poteva davvero fare una colpa a Roxie per aver chiesto il divorzio, o no? Perché si erano allontanati emotivamente l'uno dall'altra molto tempo prima. I documenti fisici a quel punto erano solo una formalità.

"Beh, se lo dici tu, ma ti sposteremo comunque in sala da pranzo. Perché il purè di patate di Roxie è quasi pronto e il mio arrosto è squisito."

Carter a quel punto sorrise con l'acquolina in bocca. "Adoro il suo arrosto. Tra i piatti che prepara, è il mio preferito."

Gli sarebbe mancato, quando non avrebbe più potuto mangiarlo.

Gli sarebbe mancato tanto altro.

"Oh, lo so che è il tuo preferito, per questo oggi l'ho preparato. È la tua prima cena Montgomery dopo tutto quello che è successo. Ed era ora che avessi tutto quello che vuoi."

Mace aiutò Carter ad alzarsi dal divano così poteva raggiungere il deambulatore. A quel punto non ne aveva più davvero bisogno perché si era quasi rimesso, ma si sentivano tutti meglio se lo usava. "Grazie, signora Montgomery."

Carter pensò alle parole della suocera mentre raggiungeva lentamente la sala da pranzo. Tutto quello che voleva? Ce l'aveva già.

Ma lo stava perdendo.

No, lo aveva già perso.

Perché era un idiota del cavolo.

Lo aveva perso anche se non aveva nemmeno mai saputo come avesse fatto ad averlo. L'aveva perso perché non era sicuro di essere abbastanza forte da restarci aggrappato.

Carter aveva pensato che prima fossero su un terreno instabile ma, mentre si sedeva a tavola (Roxie accanto a lui, perché si era sempre seduta lì e scegliere un'altra sedia avrebbe scatenato l'allarme sulla loro relazione sull'orlo del fallimento), Carter si chiese perché facesse così male.

Doveva davvero fare tanto male?

Erano mesi che Carter sospettava che sarebbe successo qualcosa del genere. Avevano cominciato ad allontanarsi fino al punto in cui non era più nemmeno sicuro di chi fossero Roxie e Carter. Dato che non era poi quella grande sorpresa, perché era tanto doloroso?

Ma *era stata* una sorpresa.

Anche se non avrebbe dovuto esserlo.

Appena Carter aveva visto quei documenti, aveva avuto la sensazione di un calcio allo stomaco. Tutto si era fatto buio per un attimo e non riusciva a riprendere fiato. Non era stato il dolore, ma solo il fatto che la stava perdendo.

E quei documenti ne erano la prova concreta.

"Puoi passarmi i panini?" chiese Dimitri e Carter tornò alla realtà.

Tutti erano seduti a tavola a passarsi cibo e parlare delle loro giornate. C'erano anche i bambini che sorridevano e ridacchiavano tra loro. Captain, il cane di Dimitri, era seduto di fianco al padrone e guardava la tavola con dolcezza e la speranza di ricevere cibo. Non che mangiasse quello che mangiavano gli umani, ma al golden retriever piaceva fingere di averne un disperato bisogno.

C'erano tutti. Una grande famiglia. E Roxie non gli aveva detto nemmeno una parola.

Ma nemmeno lui riusciva a parlarle.

"Ma il deambulatore ti serve davvero?" chiese Shep, con la fronte aggrottata. "Perché poco fa camminavi bene."

"Riesco a camminare anche senza," disse Carter mentre ignorava la sensazione che Roxie gli rivolgesse un'occhiataccia. Forse non proprio un'occhiataccia, ma di certo lo guardava male.

"Allora perché lo usi?" chiese il fratello di Roxie e continuò a mettersi le patate nel piatto.

"Me lo hanno dato dopo il primo controllo in caso la gamba cedesse. Non è ancora successo, lo tengo soprattutto per assicurarvi che sto bene, o almeno penso."

"Il dottore ha detto che devi usarlo, per questo ce l'hai," disse Roxie. Era la prima frase che gli aveva detto quel giorno. Avevano passato la giornata insieme a casa, nell'eco di tutto ciò che avevano avuto e lei non gli aveva rivolto la parola. Lo aveva aiutato con calma e in silenzio a girare per casa, anche quando lui non ne aveva avuto bisogno.

Dire che il matrimonio era completamente finito probabilmente era dire poco.

"Beh, sono felice che tu stia meglio, anche se il deambulatore a questo punto è solo per fare scena. Spero." Thea era seduta accanto a lui e gli diede un colpetto sulla mano, con gli occhi lucidi. Non avevano parlato molto da quando c'era stato l'incidente ma si era dovuta occupare di talmente tante questioni personali nell'ultimo mese che Carter non gliene faceva una colpa. In più, lui aveva la sensazione che la cognata non volesse andare a trovarlo per ringraziarlo o per quello che le serviva per sentirsi meglio per quello che era successo, non quando doveva capire cosa stesse succedendo tra lui e Roxie. Roxie era la sorella di Thea, che ovviamente doveva schierarsi dalla sua parte. Carter odiava il fatto che ci fossero delle parti da prendere.

Carter non si aspettava un grazie. Non gli serviva la gratitudine per aver spinto via Thea dalle fiamme. Sì, era rimasto ferito, ma l'avrebbe fatto chiunque.

La speranza e la gratitudine nei loro occhi quando lo guardavano lo faceva stare male.

Perché non era vera. Non poteva essere. Non quando tutto stava per finire da un giorno all'altro.

Continuarono la cena, parlarono di vari argomenti e lasciarono che Carter rimanesse in silenzio per il resto della serata. Non gli sfuggì il fatto che nemmeno Roxie parlasse. Le cose tra loro erano assurdamente imbarazzanti e Carter lo odiava. Ma non poteva cambiare niente. Non quando lei aveva chiesto il divorzio. E lui avrebbe probabilmente lasciato che succedesse.

Quando arrivarono a casa, Carter era esausto non

fisicamente, ma perché gli facevano male il cuore e il cervello. Erano pesanti, pieni fino all'orlo di tutto quello che non gli serviva e ancora tutto quello che spingeva verso di lui.

Erano nell'ingresso, Roxie accanto alle scale per poter salire nella camera da letto che non condividevano più e lui rivolto verso la camera degli ospiti, dove avrebbe dormito finché fosse restato sotto quel tetto.

"Posso aiutarti in qualcosa prima di andare a letto?" gli chiese Roxie, con una voce vuota. Carter non riusciva a capire a cosa lei pensasse, che cosa provasse.

Ma era quello il problema, no?

"Sto a posto così, buonanotte."

Ci volevano ancora un paio d'ore prima di andare a letto, ma nessuno dei due commentò. Sarebbero andati ognuno per la propria strada, un preludio di quello che sarebbe successo appena Carter si fosse completamente rimesso.

Roxie annuì brusca e poi andò di sopra. Lui fece del proprio meglio per non guardarla. Perché guardarla lo feriva.

Perché gli mancava sua moglie. Gli mancava il suo sorriso, tutto di lei.

Gli mancava il modo in cui rideva di cose stupide e

poi si nascondeva il viso con le mani, perché sapeva che era qualcosa di sciocco di cui ridere.

Gli mancava toccarla, sentirne il sapore. Sì, il sesso gli mancava, anche se non lo facevano più spesso, di recente. Una volta non potevano fare a meno di toccarsi.

E poi lei aveva smesso di parlare.

Aveva smesso di sorridere.

E Carter non riusciva a capire come porvi rimedio. Ci aveva provato, ma non aveva funzionato.

E poi, alla fine, aveva smesso di provarci.

E lei non aveva fatto niente al riguardo.

Per cui, la colpa era di Carter. Perché ci aveva provato e aveva fallito. Sarebbe sempre stata colpa sua.

Sempre.

CAPITOLO QUATTRO

Pennelli&Bicchieri era la tradizione, una routine, qualcosa che Roxie e le sue amiche e familiari amavano fare una volta al mese. Pennelli&Bicchieri era qualcosa che lei segretamente disprezzava, ma solo perché non era molto brava. Oh, la parte dei bicchieri, dove si beveva vino mentre si fingeva di dipingere, quella le riusciva piuttosto bene. Era la parte dei pennelli, in cui doveva essere un'artista, che non faceva per lei.

Il fatto che il resto della famiglia sembrasse essere pieno di artisti probabilmente aveva a che fare col motivo per cui lei si sentiva così inadeguata quando si trattava della parte dell'incontro relativa ai pennelli.

Pennelli&Bicchieri (quanto odiava ripetere quel nome quaranta volte nella propria testa, ma lo faceva perché prima o poi lo avrebbe sbagliato) era gestito da

Kaylee, la loro nuova amica, che col tempo era diventata intima. Per lo meno, lo era diventata per le altre nella famiglia di Roxie. Lei non conosceva molto bene Kaylee e un po' le dispiaceva. Dipendeva per lo più dal fatto che Roxie di recente era sempre chiusa nei pensieri e con i propri problemi, al punto da aver allontanato tutti per avere spazio.

Roxie odiava sentirsi egoista, ma sembrava che il suo cervello non riuscisse a fare altro di recente.

Perché, per potersi concentrare sul lavoro, sulla propria vita e sul fatto che tutto le stesse crollando intorno, doveva evitare di pensare alle distrazioni.

Ciò significava che non aveva idea di cosa stesse succedendo tra Shea e Shep. Il fatto che si fossero trasferiti da New Orleans insieme alla figlia Livvy poco più di un anno prima significava che Roxie avrebbe dovuto essere più unita al fratello e alla sua famiglia. Ma, in realtà, aveva la sensazione di essere stata più vicina a loro quando usavano Skype e si telefonavano. Diamine, forse era stata più in contatto con Shep quando gli scriveva delle lettere appena si era trasferito per trovare se stesso e la propria arte. Era tornato, marito, padre e molto più inquadrato rispetto a quando aveva lasciato il Colorado per New Orleans.

Ma Roxie non sapeva esattamente che piani avesse la coppia. Non sapeva se a Livvy piacesse la casa nuova.

Non sapeva se a Shea piacesse vivere in un'altra città. Sì, lavorava nello stesso settore di Roxie, ma ciò non significava che lavorassero insieme. Roxie non sapeva nulla perché non lo aveva chiesto. Perché era così presa da se stessa, di recente, che non ci era riuscita. E si odiava per quello. Ma il problema principale era che, se lei avesse chiesto, loro le avrebbero domandato di lei e Carter. E Roxie non era pronta per parlarne. Non ancora. Forse mai.

Non sapeva nemmeno se il fratello e la cognata avrebbero avuto un altro bambino. Ignorò la fitta che le veniva sempre quando pensava a quelle parole, riguardo a quello che sarebbe successo se Shea fosse rimasta di nuovo incinta, e si concentrò sul superare l'ingresso dello studio in cui si teneva Pennelli&Bicchieri.

Poi vide Abby seduta accanto a Shea e fece una smorfia. Roxie non si era nemmeno accorta che Abby aveva trovato di nuovo l'amore con un tatuatore, uno degli amici dei Montgomery di nome Ryan. Non sapeva niente della loro relazione perché era stata concentratissima a far stare meglio Carter e a non parlare di quello che era importante.

Quella tra Abby e Ryan sembrava essere una relazione nuova, ma erano innamoratissimi.

Roxie cercò di non sentirsi nervosa al riguardo.

Qualsiasi cosa bruciasse così tanto e così in fretta non era necessariamente destinata a spegnersi, ma se teneva conto della sua situazione, Roxie non poté fare a meno di sperare che la relazione tra Ryan e Abby non finisse come quella tra lei e Carter, soprattutto per la figlia di Abby. Julia non aveva bisogno di perdere un altro degli uomini della sua vita. Anche se Roxie sapeva che Julia non aveva mai conosciuto il padre perché era morto quando Abby era ancora incinta, la bambina non aveva bisogno di altre perdite.

Nessuno di loro ne aveva.

Roxie si sedette accanto ad Abby e le sorrise prima di guardare alla propria destra. Cercò di mantenere il sorriso per le due sorelle. Thea e Adrienne la tenevano d'occhio, forse non aspettavano necessariamente che crollasse e si sentisse debole, ma almeno aspettavano di vedere quando Roxie avrebbe finalmente parlato con loro.

Roxie non era pronta. Sì, era da egoisti, ma era fatta così. Egoista, fredda e cattiva. Per lo meno era quello che continuava a ripetersi mentre si chiedeva perché non riusciva a sistemare il rapporto tra lei e Carter. Certe volte, però, non c'era niente da sistemare. Certe volte, era meglio andare via prima che qualcuno si facesse ancora più male.

"Mi stavo chiedendo se saresti venuta," disse Thea

con un sorriso paziente sul viso. "Di solito non fai mai così tardi."

Roxie fece una smorfia e mise la borsa sotto il tavolo. "Scusa. Ho fatto tardi in ufficio e poi sono dovuta andare a casa a cambiarmi per non venire qui con un completo." Era stata a casa per venti minuti, dieci dei quali passati fuori la porta di Carter a chiedersi cosa dire, a chiedersi se avrebbe potuto parlare con lui.

Non aveva bussato.

Non aveva voluto dargli fastidio.

"Però stai bene con quel tailleur," disse Adrienne, con sguardo implorante. Adrienne non spettegolava, non insisteva, ma entrambe le sorelle di Roxie volevano davvero aiutarla. Lei lo sapeva, ma non voleva chiedere aiuto, non voleva complicare ancora di più la situazione. Perché succedesse, Roxie doveva sistemare tutto da sola e poi andare dalle sorelle per la parte finale, in cui potevano dare l'ultima passata.

Quando ci pensava sembrava un'idiozia, ma lei *era* un'idiota.

Roxie sorrise un po' di più, sperando di non sembrare nervosa. "Beh, so che sto benissimo con un completo. Per fortuna, dato che è parte del mestiere."

"Non dirlo a me. Anche se credo di piacere a Shep, quando indosso un tailleur. Dopo tutto, sono stati il completo e la crocchia ad attirarlo." Shea sorrise e le altre risero. Era andata a farsi un tatuaggio a New Orleans ed era stato così che aveva conosciuto Shep. Evidentemente, lei era stata un po' più fredda a quel tempo, un po' più riservata. Ma quei due erano fatti l'uno per l'altra. Shea tirava fuori la calma di Shep e lui il calore di lei.

Roxie non aveva conosciuto Shea prima che si mettesse con Shep ma, da quello che la coppia aveva detto, erano usciti dal guscio proprio come dovevano. Erano esattamente le persone di cui avevano bisogno loro stessi e a vicenda.

Roxie ne era un po' invidiosa. Perché, dopo tutto, aveva creduto che Carter fosse esattamente quello di cui lei aveva bisogno. Quello che avrebbe potuto farla uscire dal guscio. Quello che avrebbe potuto aiutarla a stare in piedi da sola, perché non era sempre brava a farlo.

I suoi familiari erano così talentuosi, profondi e onorevoli. C'era Shep, il maggiore e più saggio, che era sempre stato l'anima della festa anche quando si comportava in modo responsabile. Era uno dei migliori tatuatori del paese, sembrava che la sua unica competizione fosse il resto della famiglia. Adrienne era un'altra dei migliori tatuatori. In più, sembrava avesse sempre tutto sotto controllo, anche quando sbagliava.

Aveva aperto la propria attività con Shep e stava avendo successo. Adrienne aveva sempre un nuovo hobby: non rinunciava a quello precedente perché non riusciva a portarlo avanti, ma perché era diventata brava e voleva imparare qualcosa di nuovo. Prima, era il lavoro a maglia, poi il canto, poi di nuovo il lavoro a maglia, e poi era molto più brava di quanto Roxie potesse mai sperare di essere a dipingere. Era plausibile se si teneva conto del fatto che Adrienne era un'artista, anche se lavorava con l'inchiostro sulla pelle invece della tela su cui stavano lavorando in quel momento.

Ma evidentemente, Adrienne stava cominciando a dipingere per conto proprio e aveva persino allestito un piccolo studio in casa. Roxie non lo aveva ancora visto, ma ci sarebbe andata. Appena avesse smesso di pensare solo a se stessa e fosse tornata a essere una Montgomery.

E poi c'era Thea. La perfetta Thea. Santo cielo, Roxie odiò il modo in cui suonava nella sua testa. Perché non era gelosa della sorella. L'adorava e amava il fatto che Thea fosse tutto. Era una donna d'affari fantastica, un'imprenditrice e secondo Roxie, la pasticcera migliore della storia della pasticceria. Anche se Thea non lo avrebbe mai detto. Era bravissima in quello che faceva e presto la sua attività, Colorado Icing, si sarebbe ampliata. Dava tutta se stessa nel lavoro e finalmente era innamorata dell'uomo che avrebbe sempre dovuto amare. Sembrava che tutti i familiari e gli amici di Roxie si stessero innamorando e lei non poteva fare a meno di chiedersi dove avesse sbagliato.

Perché amava Carter, amava l'idea di lui.

Ma non amava il modo in cui la faceva sentire insieme a lui di recente.

Non amava il fatto di essere così presa dai propri pensieri da perdersi il resto della propria vita.

Doveva respirare e affrontare tutto un giorno alla volta.

Anche se non aveva senso per gli altri.

In quel momento, entrò Kaylee, con in mano una bottiglia di rosé.

L'altra sorrise e mise la bottiglia sul tavolo. "Questo è il mio premio perché ho finito il quadro nella stanza, anche se non berrò un goccio finché non sarete tutte pronte a ricevere il mio giudizio sul vostro lavoro." Rise e le altre si unirono a lei.

Roxie non poté trattenere il crampo allo stomaco alla parola *giudizio*. Kaylee non giudicava i loro dipinti, dato che il gruppo si basava più sull'idea di comunità e amicizia che sul realizzare delle opere d'arte che si potessero vendere. Ma saperlo non la faceva sentire meglio.

Perché Roxie non era per niente brava. Ci provava.

Non era ancora arrivata a prendere lezioni private per poter dipingere una linea dritta, ma ci aveva pensato. Se non fosse stata così impegnata durante il periodo della dichiarazione dei redditi e a capire quello che succedeva tra lei e Carter, avrebbe potuto trovare un po' di tempo per imparare a disegnare. Perché anche se Thea non si definiva un'artista, lo era. Tra il decorare torte e biscotti, la sorella era estremamente talentuosa quando si trattava di arte. Anche Abby e Shea erano abbastanza brave, ma nessuna di loro era equiparabile al talento di Adrienne.

Non che qualcuno effettivamente si paragonasse agli altri. Lo faceva solo Roxie e solo perché *non* era brava. E odiava non cavarsela in qualcosa.

Era brava, certe volte bravissima, in tutto quello in cui si cimentava nella maggior parte delle situazioni (perché provava tanti hobby come Adrienne) ma alle volte, come con l'arte, non lo era per niente.

E odiava fallire.

Il fatto che stesse facendo del proprio meglio per correlare il fallimento nel disegno con il fallimento del proprio matrimonio non le sfuggiva. Ma non ci avrebbe pensato. Perché più ci rimuginava, più la sua arte peggiorava e più voleva gettarsi sui bicchieri di Pennelli&Bicchieri.

"Ok, signore. Oggi lavoriamo su un paesaggio alla

luce della luna. Lo so, siete sorprese. Siamo a Pennelli&Bicchieri e dipingiamo un paesaggio alla luce della luna... Ma so che a tutte piacciono la luna e gli alberi e fuori è ancora buio e freddo. L'altra opzione era una foresta innevata. Forse la prossima volta useremo colori brillanti e le palme dei Caraibi così possiamo immaginare di essere in un posto caldo." Kaylee rise con le altre e Roxie si limitò a scuotere la testa con un sorriso.

Kaylee le piaceva e aveva sentito dire che forse si vedeva con un altro membro del gruppo, un uomo di nome Landon. Roxie però non lo conosceva bene come le sorelle. Sembrava che di recente tutti trovassero amore e passione. Tutti tranne Roxie.

Ma non ci avrebbe pensato.

Perché, se lo avesse fatto si sarebbe depressa, o si sarebbe depressa *di più*. E poi le sorelle avrebbero cercato di non farle altre domande. Perché le volevano dare spazio. Ma nel darglielo, Roxie aveva la sensazione di essere accerchiata. Non aveva idea di come funzionasse, ma erano così caute con lei che quasi non ricordava più chi dovesse essere. Non aveva idea di come avrebbe dovuto comportarsi in modo da non far vedere che tutta la sua vita stava crollando.

"Ci riusciremo di sicuro," disse Shea con un sorriso. "Giusto?"

"Credo che mi servirà più vino." Roxie fece del

proprio meglio per dare l'idea che stesse scherzando, ma bevve comunque un lungo sorso. Se la serata continuava in quel modo, avrebbe dovuto chiamare un taxi.

"Con la luna me la cavo. Il problema è il modo in cui si riflette la luce su tutto il resto," disse Thea e si tormentò il labbro con i denti.

"Ma Kaylee ci farà vedere come si fa, giusto?" chiese Roxie, spaventata all'improvviso dall'idea di trovarsi di fronte a una tela vuota. Una tela vuota che non solo rappresentava l'arte che non sapeva realizzare, ma anche il futuro e quello che sarebbe successo quando Carter sarebbe guarito del tutto. Perché Carter stava meglio. Poteva lavorare. Forse non tutte le ore di prima, ma quello non aveva fatto bene a nessuno dei due. Sarebbe cambiato tutto e la vita di Roxie rispecchiava quella tela vuota.

Forse Roxie aveva già bevuto troppo, se quella era la direzione che avevano preso i suoi pensieri prima ancora di dare la prima pennellata. Non importava che avesse bevuto un bel sorso di vino, era ubriaca di adrenalina e preoccupazione. Ubriaca di un futuro che temeva non arrivasse.

O forse stava arrivando troppo in fretta e lei non riusciva a prendere fiato.

"Andrà tutto bene. Una pennellata alla volta." Abby guardava dritta davanti a sé mentre parlava, concentrata su Kaylee che cominciava la serata con un'unica pennellata. E la tela non era più vuota. Era l'inizio di qualcosa. L'inizio dell'arte? L'inizio della fine? O solo un inizio.

Non era vuota.

Era *qualcosa*.

E Roxie doveva ricordarlo.

Il gruppo lavorò insieme, rideva, e Roxie riuscì a dimenticare per un po' le proprie preoccupazioni. Era più facile quando si concentrava a cercare di migliorare in qualcosa, qualcosa che non aveva nulla a che fare con il matrimonio. In più, le piaceva passare del tempo con la famiglia e gli amici. Era più facile stare con loro quando non facevano domande, quando non la guardavano con pietà e non si chiedevano che succedesse tra lei e il marito. Non era colpa loro se di recente Roxie falliva in molti campi. Non era colpa loro se volevano aiutarla. Ma lei non sapeva chiedere aiuto. Che cosa avrebbe mai potuto chiedere? Perché non aveva senso che lei chiedesse qualcosa. Avevano le loro vite. Avevano successo mentre Roxie falliva. Non avrebbe aiutato nessuno se li avesse infastiditi con qualcosa per cui non potevano fare nulla.

Per cui, Roxie bevve un bicchiere di vino e passò la serata con amici e parenti. Cercò di fingere che andasse tutto bene. Alla fine, il quadro non era così male. Non era bello, ma nessuno la prese in giro. Diamine, nessuno la prendeva mai in giro. Perché non era su quello che si basava Pennelli&Bicchieri. Non importava che Roxie fosse competitiva e odiasse fallire. Non importava che fosse stata lei a mettersi tutto quel peso sulle spalle. Aveva ancora la sensazione di dover riuscire a fare meglio di così.

Alla fine della serata, Kaylee andò da loro e abbracciò Roxie.

"Sei stata bravissima, tesoro." La donna la strinse di nuovo e Roxie le sorrise.

"Grazie di aver finto."

"Non ti direi una bugia. Lo sai più degli altri. Posso indicarti un'altra direzione, ma non ti mentirei mai. Stai migliorando, non che non fossi già brava. E non è una bugia, non alzare gli occhi al cielo. Solo perché dipingi in modo diverso dalle tue sorelle e non sei una maestra come me," fu lei ad alzare gli occhi mentre Roxie rideva, "non significa che tu non sia un'artista. Un artista non è quello che produce, è come lo produce. È come si sente mentre crea. E la maggior parte degli artisti odia quello che crea mentre lo fa. Secondo me, è questo che porta alla buona arte. Il disprezzo. Il tradimento." Quella volta, risero tutti con Kaylee mentre Roxie ridacchiò appena.

"Non sei un po' melodrammatica?"

Kaylee si limitò a socchiudere gli occhi. "Possiamo discutere di chi è melodrammatico più tardi, vero?"

"Ahia." Quello faceva male. Perché, sì, Roxie aveva la tendenza al melodramma, ma di solito solo nella propria testa. Anche se aveva la sensazione che Kaylee leggesse nel pensiero. Non sapeva perché, ma l'altra sembrava sempre notare quando Roxie attraversava un periodo in cui si disprezzava. Nemmeno le sorelle se ne accorgevano. Per lo più pensavano che fosse stressata per qualcosa. Ma Kaylee sapeva sempre esattamente quando Roxie stava perdendo la testa per qualcosa di stupido. O forse dava di matto su qualcosa di così importante da *volerlo rendere* stupido.

"E con questo, vado a casa. Passate una buona serata."

Si abbracciarono e baciarono e si promisero di vedersi presto. Si sarebbero incontrate di nuovo, erano molto legate, alcune più di altre dato che Roxie si era allontanata nell'ultimo anno. Doveva comportarsi meglio, smettere di nascondersi da se stessa. E ci avrebbe provato. Dopo.

Sarebbe successo tutto dopo.

Doveva solo affrontare il fatto che il suo matrimonio stava finendo. No, doveva affrontare il fatto che il suo matrimonio era fallito.

Quando tornò a casa, Carter era in camera sua, con

la porta chiusa.

Camera sua. Non la stanza degli ospiti. La *sua* stanza. Era passato solo un mese, ma Roxie la pensava in quel modo. Era diventata la stanza di Carter. Non dividevano più la camera. Non condividevano più nulla.

E lui stava meglio. Stava molto meglio. Quel giorno era andato al lavoro, come aveva fatto per tutta la settimana. Carter passava il tempo per lo più in ufficio, il che significava che lavorava di nuovo fino a tardi, ma senza esagerare. Per lo meno, secondo Dimitri. Perché lei non aveva chiesto e Carter non glielo aveva detto. Ma il fatto che lui stesse meglio e stesse lavorando significava che se ne sarebbe andato presto. O forse se ne sarebbe andata lei. Non le serviva quella casa, i ricordi di quello che avrebbe potuto essere e di quello che le era sfuggito tra le dita. Ma Roxie aveva la sensazione che sarebbe stato Carter ad andare via. Perché era orgoglioso. Ma d'altronde, lo era anche lei.

Le cose sarebbero cambiate presto. Sarebbe finito tutto di lì a poco.

E loro si sarebbero allontanati.

Perché lui non la amava. Forse non l'aveva mai amata.

E Roxie non poteva costringerlo a restare con lei.

Non più.

CAPITOLO CINQUE

Non aveva mai odiato tanto l'idea di stare bene. Carter non voleva stare bene. Non voleva essere completamente guarito. Perché, dato che poteva muoversi e poteva lavorare tutte le ore che servivano, sarebbe cambiato tutto.

Il problema era che era già cambiato. Era successo così in fretta che Carter non era riuscito a stare al passo e nemmeno ad aggrapparcisi con tutte le proprie forze, fino a sbiancarsi le nocche, con le dita strette intorno ai brandelli di quello che lui e Roxie avevano avuto.

Ma era guarito.

E doveva fare ciò che era giusto.

Il dottore gli aveva dato il via libera e Carter era seduto sul letto nella stanza degli ospiti, che non era più una stanza degli ospiti, e si mise la testa fra le mani.

Era arrivato il momento.

Rimandare l'inevitabile avrebbe solo fatto del male a entrambi e lui era stanchissimo. Non ne poteva più di aspettare la fine quando era già arrivata.

Tre settimane dopo sarebbe stato San Valentino, un giorno che per molte persone era solo una trovata commerciale, tutta amore, cuori, cioccolatini e bigliettini, ma quel giorno simboleggiava qualcosa per lui e Roxie. Ricordava loro che quello che avevano probabilmente non c'era più, perché c'erano i documenti e loro non si parlavano.

Roxie non voleva parlargli e lui non sapeva come farla aprire.

Carter non voleva più aspettare, non voleva aspettare che lei gli ordinasse di andarsene.

Perché quei documenti potevano anche avere quel significato, ma Roxie non lo aveva ancora detto. Per cui Carter lo avrebbe fatto per entrambi. Perché non sarebbe rimasto altre tre settimane ad aspettare il giorno di festa, ad aspettare quel giorno in cui avrebbero dovuto guardarsi e rendersi conto che forse l'amore non era abbastanza.

Alzò gli occhi al cielo, infastidito da quei pensieri. Ma forse era la verità. Forse l'amore *non era* abbastanza. Perché per una relazione bisognava lavorare sodo, comunicare e anche se lui e Roxie lo avevano fatto, per lo meno all'inizio, non bastava.

Passione e dolore e tutto quello che veniva dal vivere davvero... rendevano le cose difficili.

Anche se la vita era complicata e Carter lo sapeva benissimo, certe volte rendere tutto più facile alle persone a cui si teneva era l'unica cosa importante. Perché lui non voleva che Roxie lo odiasse e non voleva cominciare a detestarla. Aspettare San Valentino, un giorno pieno di amore e felicità e di tutte quelle sciocchezze, non avrebbe funzionato. Carter sapeva di non poterlo fare.

Sospirò e si alzò a guardare la stanza che era diventata la sua da quando era tornato dall'ospedale. L'unica volta in cui era andato di sopra di recente era stato quando Roxie non era in casa e a lui servivano delle cose che erano nella camera da letto padronale.

Ma la maggior parte dei vestiti di Carter e della sua roba erano ormai al piano di sotto. Non aveva molto e, onestamente, non ce l'aveva neanche Roxie, ma Carter ne aveva con sé la maggior parte. Infilare tutto in un paio di borsoni e metterli ai piedi del letto fu facile in modo deprimente.

Sarebbe tornato a prendere altro, o forse no. Forse avrebbe lasciato tutto lì. Proprio come avrebbe lasciato la maggior parte di se stesso.

Santo cielo, non voleva andarsene. Non voleva andare via da quello che aveva creduto di desiderare. Ma il fatto era che *lui* non era voluto.

E non voleva restare dove sarebbe stato di mezzo.

Roxie voleva il divorzio.

E lui glielo avrebbe concesso.

Sospirò e prese i borsoni, grato del fatto che non gli facesse male nulla e che le cicatrici sulle gambe non tirassero troppo. Certo, le ferite del cuore gli facevano un male del diavolo, ma le avrebbe ignorate e non avrebbe pensato a quello che poteva succedere in seguito.

Avrebbe dato a Roxie quello che voleva, quello di cui aveva bisogno e avrebbe pensato a cosa fare del resto della propria vita.

Aveva sposato la donna che amava. L'aveva sposata per via di circostanze che li avevano messi insieme, ma anche perché la voleva nella propria vita. Quando quello che pensavano di avere era cambiato, lui aveva cercato di aggrapparsi.

Non aveva funzionato.

Ed era arrivato il momento di affrontare le conseguenze di quelle azioni.

Roxie sarebbe tornata da un momento all'altro perché ultimamente si portava il lavoro a casa. Sì, finiva tardi perché era il periodo della dichiarazione dei redditi ed erano sempre i mesi in cui lavorava di più, ma invece di restare in ufficio e saltare la cena come al solito, tornava a casa.

Per lui.

Carter avrebbe potuto pensare che fosse un segno che forse potevano far funzionare il rapporto, ma lei era così chiusa nei suoi confronti (se Carter doveva essere onesto con se stesso, lo era anche lui con lei) che non pensava che fosse un segno.

Carter uscì di casa, fece attenzione a non guardare nulla troppo attentamente o si sarebbe distratto e lei avrebbe visto le borse prima che lui potesse spiegarle i propri piani. Sì, lui aveva visto i documenti prima che lei avesse avuto la possibilità di parlargliene, ma lui non le avrebbe fatto lo stesso. Dato che non sentiva più quel colpo allo stomaco, riusciva a pensare con chiarezza e sapeva che lei non glieli aveva fatti trovare in quel modo di proposito.

Loro due non si facevano del male in quel modo. Non era così che andava tra loro.

Il problema era che tra loro non c'è era più *nulla*. Non più.

Quello era uno dei loro problemi. In tutta onestà, ce n'erano fin troppi e giravano tutti intorno all'unico argomento di cui *non* parlavano. Quello che nessuno dei due voleva menzionare.

E dato che a Carter si stringeva lo stomaco al solo pensiero, allontanò quelle riflessioni come sempre e mise le borse nel pick-up prima che Roxie rientrasse. Le avrebbe parlato in casa, dove si sarebbe sentita al sicuro e non le avrebbe sbattuto in faccia le prove della partenza. Oltre al fatto che gli serviva una via d'uscita facile e tutta la messa in scena del raccogliere la propria roba avrebbe solo prolungato l'inevitabile dolore che lo avrebbe fatto a pezzi quando si sarebbe chiuso la porta alle spalle per l'ultima volta.

Carter non riusciva a credere che fossero arrivati a quel punto. Non *sarebbero* dovuti arrivare a quel punto. Tuttavia, non sapeva come avrebbe dovuto comportarsi al riguardo. Roxie voleva il divorzio, lo voleva da un po' se Carter doveva basarsi sul suo comportamento. Lui doveva solo trovare il modo di andare avanti.

Trovare un modo di andare avanti e non sentirsi male o perdersi.

Carter rientrò in casa e infilò le mani nelle tasche dei jeans. Quel posto gli sarebbe mancato, anche con tutti i ricordi del silenzio, degli sguardi di dolore e le paure su come comportarsi. Roxie aveva comprato la casa prima di conoscerlo e viveva già lì quando si erano fidanzati. Non l'aveva arredata completamente finché Carter non si era trasferito, perché era stata impegnata con il lavoro e aveva detto che non le piaceva non sapere come dare alla casa l'aspetto che voleva.

Roxie si screditava sempre quando si trattava di arte o di quella che riteneva essere la materia in cui le sorelle e il fratello avevano talento. Carter aveva cercato di fermarla, di dirle che anche lei aveva profondità e talento in quelle aree, ma lei non aveva accettato quelle parole. O forse era così convinta di non essere portata in quei campi che niente di quello che lui le avrebbe potuto dire avrebbe migliorato la situazione. Carter aveva cercato di mostrarle quanto talento lei avesse per come aveva reso quella la loro casa, ma non pensava di esserci riuscito.

Il fatto che Roxie si torturasse con Pennelli&Bicchieri gli faceva capire che lei avrebbe cercato di fare del proprio meglio per trovare del talento laddove non credeva di averne. Il fatto, però, era che il talento Roxie *ce l'aveva*. In tantissimi ambiti. Ma si rifiutava di vederlo.

E Carter non aveva saputo come aiutarla.

Stava per andare via e non avrebbe più potuto nemmeno provarci.

Perché quel pensiero faceva più male del dovuto?

La porta si aprì alle spalle di Carter, che si voltò e vide Roxie, aveva gli occhi sgranati e la borsa in mano. Era bellissima. Lo era sempre stata e Carter sapeva che sarebbe sempre stato così. I capelli scuri erano tirati indietro in una crocchia, che lei doveva aver chiamato chignon o roba del genere. Il trucco sembrava naturale, ma Carter sapeva che ci voleva tempo per avere quell'effetto. A lui Roxie piaceva con e senza trucco. Aveva un modo di far risaltare gli occhi e le labbra, ma gli piaceva anche quando era appena struccata e col viso umido. O quando restava in piedi fino a tardi e gli diceva che si sentiva orrenda. Gli piaceva anche com'era in quella situazione.

L'amava e basta.

Avrebbe fatto molto più male delle ustioni sulle gambe.

"Carter? Va tutto bene? Non mi aspettavo di trovarti lì in piedi quando sono entrata." Roxie si schiarì la gola, si chiuse la porta alle spalle e mise la borsa sul tavolino all'ingresso. Lo stesso tavolino su cui lui aveva visto i documenti. Quello che avevano comprato insieme al mercato delle pulci e avevano cercato di scartavetrare e di farlo sembrare professionale. Ottennero un pessimo risultato, in alcuni punti era consumato e li avevano coperti con delle lanterne dall'aria antica. Se ci mettevano sopra qualcosa di troppo pesante traballava, e Carter era sicuro che le parti metalliche sul fondo non erano inserite correttamente.

Ma era loro. Qualcosa che avevano costruito insieme. Era un simbolo perfetto di chi erano, o no?

Fu lui a schiarirsi la gola. "Roxie."

Lei batté le palpebre e strinse le mani sul petto, uno scudo che brandiva quando era nervosa. Uno scudo che aveva alzato contro di lui.

Carter lo odiava.

Odiava se stesso.

Ma doveva parlarle.

"Sono guarito, Rox. Il dottore mi ha dato il via libera a tornare ai miei turni normali al negozio, continuo a fare fisioterapia, ma sto bene."

Lei annuì. "Stai andando alla grande."

Lui annuì a sua volta e si sentì a disagio. Aveva ancora le mani in tasca, al sicuro, così non avrebbe cercato di toccarla. Gli mancava la sensazione della sua pelle, gli mancava il modo in cui lei gli si appoggiava quando le prendeva il viso tra le mani.

Ma non poteva. Non più. E doveva essere il più forte tra i due perché succedesse. Perché se avesse fatto un passo verso di lei, sarebbe finito in pezzi quando Roxie si sarebbe allontanata. Perché non erano chi avevano bisogno di essere. Lui non era l'uomo di cui lei aveva bisogno. Non più. Forse non lo era mai stato.

"Non so che programmi ho per dopo, Rox. Per questo me ne vado. Firmerò i documenti al momento opportuno." Gli si seccò la bocca e gli sudavano le mani. "Me ne vado," ripeté. "Questa era casa tua anche prima, Roxie. Non te la toglierò. Starò per un po' da Landon e poi cercherò un posto."

La guardò negli occhi, voleva che parlasse, sperava che gli chiedesse di non andare. Ma non lo disse. Roxie non disse nulla e Carter sapeva di essere perso. Tutto era andato perduto. E non sapeva come cavolo reagire.

"Ho un paio di borse nel pick-up e probabilmente tornerò a prendere qualcos'altro. Non lo so. Ma adesso vado." Continua a ripetere quelle parole. Le odiava.

"Tutto quello che ti serve, Carter." La voce di Roxie era calmissima, pacata.

Perché non poteva crollare come lui?

Ma d'altronde, nemmeno lui stava crollando davvero, no? Se così fosse stato, le avrebbe detto che non voleva andarsene, che voleva restare e trovare un modo di far funzionare la relazione. Ma non sapeva cosa fosse rimasto di loro da far funzionare.

Santo cielo, stava lasciando la moglie.

Se ne andava perché lei aveva compiuto il primo passo con quei documenti.

E lui non sarebbe rimasto a ferirla. Non sarebbe rimasto a farsi del male.

"Allora... ci sentiamo presto."

Lei annuì prima di fare un passo di lato, poi un

altro. Si spostò per farlo arrivare alla porta. Si spostò così lui poteva andare via.

Nessuno dei due si oppose.

Perché non litigavano?

Carter raggiunse la porta e si fermò accanto a Roxie. Rimasero uno accanto all'altra, lui rivolto verso la porta e lei verso la casa, ma nessuno dei due guardò l'altro.

"Io..." Carter non riuscì a finire la frase, non sapeva che dire.

"Mi dispiace," sussurrò Roxie e poi si allontanò tanto in fretta che quasi corse di sopra.

Carter la lasciò andare. Perché le *dispiaceva*.

Il fatto era che dispiaceva anche a lui.

Ma era troppo tardi perché potessero agire al riguardo.

Carter uscì, raggiunse il pick-up e lasciò il luogo in cui si era finalmente sentito a casa. Lasciò la moglie che amava ma che non sapeva se lo ricambiava. Lasciò la vita che credeva di essersi creato.

Lasciò tutto perché lei glielo aveva chiesto.

Lasciò tutto perché temeva che non fosse rimasto nulla.

Se lo lasciò alle spalle.

E a lei semplicemente... dispiaceva.

Carter si asciugò una lacrima e se ne andò, sapeva

che era finita. Sapeva di non aver lottato perché non aveva saputo da dove cominciare.

Carter lo avrebbe rimpianto e lo sapeva.

Lo avrebbe rimpianto e sarebbe crollato.

La prima crepa c'era già.

Quella successiva stava per arrivare.

CAPITOLO SEI

Roxie sentì un dolore lancinante al fianco, ma continuò, concentrandosi sulla respirazione e il bruciore alle gambe invece che ai polmoni. Doveva ricordarsi che quel tipo di allenamenti le piacevano, o stava imparando a farseli piacere.

Quando era alle superiori e all'università, aveva l'abitudine di fare sci di fondo ma aveva smesso quando aveva trovato lavoro e si era concentrata su quello. Il che significava che era passato qualche anno dall'ultima volta che era stata sugli sci e il corpo la stava punendo.

Sospirò mentre muoveva gambe e braccia a un ritmo che poteva mantenere per il resto della salita, mentre pensava che la parte in discesa le sarebbe piaciuta, perché significava che i polmoni le avrebbero bruciato meno. In teoria.

Un mese prima si era unita al gruppo del fine settimana e non era mai tornata indietro. Lavorava cinque giorni a settimana, tra le dieci e le dodici ore al giorno e il fine settimana, quando non si seppelliva nei documenti, era in montagna. Aveva vissuto tutta la vita in Colorado e si era resa conto di aver dato per scontate le montagne e la loro bellezza.

Sembrava che avesse dato molto altro per scontato.

No, non ci avrebbe pensato. Non avrebbe pensato a niente che l'avrebbe deconcentrata dall'allenamento e da quanto si divertisse a fare qualcosa per se stessa. Per cui si mosse al ritmo del proprio respiro e si fece strada verso la cima della collina, con gli altri del gruppo accanto e davanti a lei.

Roxie non era la più veloce, onestamente, forse era la più lenta, ma le andava bene. Forse anche troppo. Perché loro si erano allenati per anni e lei aveva appena ricominciato. Non doveva competere con loro, solo con se stessa. E per essere una persona che andava in competizione con tutto, inclusa la famiglia quando si trattava di hobby, la contava come una crescita.

Probabilmente il fatto che fosse sprofondata in se stessa e avesse pensato solo al lavoro e allo sci di fondo per un mese era stato d'aiuto. Aveva ignorato le telefonate, le email, i messaggi e le persone che venivano a trovarla per cercare di consolarla quando Roxie voleva solo ignorare il mondo e cercare di trovare qualcosa in cui non fallire.

Se ci volevano temperature gelide, neve, muscoli e polmoni in fiamme, meglio così.

Perché aveva tanta paura di quello che sarebbe successo se non si fosse concentrata sulla collina che aveva davanti e se avesse invece guardato quelli dietro di lei, in attesa, sempre ad aspettare.

Roxie spinse di nuovo, le piaceva il vento sul viso e il fatto che bruciasse un po', non era lo stesso tipo di bruciore che provava il resto del corpo. Il giorno dopo le avrebbe fatto male tutto, quello lo sapeva, ma ne sarebbe valsa la pena. Perché stava bene. Sarebbe stata bene. Perché doveva essere così.

Guardò alla propria destra e sorrise all'uomo accanto a lei. Non poteva vederne gli occhi perché indossavano entrambi gli occhiali scuri, ma Roxie aveva la sensazione che le avesse fatto l'occhiolino. Liam lo faceva sempre. Gli piaceva fingere che fosse tutto ok, proprio come a lei. Per quello andavano d'accordo. Era lui il motivo per cui Roxie era in quel gruppo, il motivo per cui era riuscita a trovare quel posto e forse una parte di se stessa.

Di recente era lui l'unico membro della famiglia che Roxie vedeva regolarmente, Liam Montgomery, il cugino di Boulder. Si era messo in macchina e aveva guidato per un'ora per essere lì a fare sci di fondo con lei, anche se aveva una casetta nei boschi vicino a Boulder e c'erano posti più vicini in cui poteva allenarsi così. C'erano altri gruppi in cui Liam sarebbe anche stato meglio.

Ma era andato lì per lei e non aveva detto nulla riguardo al fatto che il matrimonio di Roxie fosse finito e che Carter se ne fosse andato un mese prima. Non le aveva chiesto come stesse, non le aveva chiesto se avesse parlato col marito.

Roxie non lo aveva più sentito.

Liam non le aveva chiesto niente, aveva solo detto che si univa a un nuovo gruppo nelle montagne vicino a lei e che ogni sabato e domenica sarebbe stato lì a riprendere l'hobby di un tempo che amava. Non l'aveva nemmeno invitata, aveva solo detto che ci sarebbe andato e lei si era presentata.

E così Roxie e il cugino erano diventati parte di quel gruppo di sci di fondo che non era una squadra ma un insieme di persone che coltivava un passatempo in modo piuttosto decente. Nessuno sarebbe finito nella squadra olimpica, né avrebbe provato a vincere una medaglia. Molti di loro in passato avevano avuto infortuni o non erano nemmeno atleti, non nel senso stretto del termine. Ma piaceva a tutti e il meteo nell'ultimo mese aveva contribuito. Roxie era sorpresa, se teneva conto della stagione. Non voleva pensare a San Valentino e come era andata... o meglio, a come l'aveva ignorato con tutte le proprie forze.

Avrebbe scalato quella collina, poi sarebbe scesa dall'altro lato e sarebbe andata a prendere la macchina. Perché era esausta e voleva andare a casa.

Ma non era quello il caso, o no? Non voleva andare a casa. Odiava casa propria. Odiava il fatto che le pareti sembrassero parlarle anche se erano completamente immobili e silenziose. Giurava di poter sentire la voce di Carter, poteva sentirlo ridere, e lo odiava. Non odiava la sua voce, la sua risata, Roxie odiava solo il fatto che non ci fossero più. Odiava quando ogni volta che si girava, vedeva qualcosa che apparteneva a Carter, qualcosa che le ricordava di quello che avevano avuto. Qualcosa che le ricordava che lui non era più lì.

Era stata lei a chiedere il divorzio. Era stata lei a cominciare.

Ma era stato *lui* ad andarsene.

Roxie non sapeva perché si odiasse per quello. Non sapeva perché odiasse anche lui. Non aveva senso. Avevano fatto entrambi delle scelte. Perché Roxie aveva la sensazione di dover dare la colpa a qualcuno?

Ma la vita era fatta così. I cuori erano fatti così. Da quando tutto era cambiato intorno a lei, niente aveva più senso.

Roxie distolse lo sguardo da Liam, proseguì verso la cima della collina e poi scese dall'altro lato. Quando arrivarono alle auto, ridevano, scherzavano e bevevano cioccolata calda o caffè e dalle loro borracce d'acqua, ma Roxie non sapeva che dire. Non sapeva mai cosa dire a quel gruppo di persone. Nessuno la conosceva, sapevano solo che era la cugina di Liam, una donna che voleva imparare di nuovo a fare sci di fondo. Non conoscevano il suo passato, non sapevano che fosse una ragioniera che lavorava fino a tardi. Non sapevano che fosse la più piccola di quattro figli, o che ci fossero tanti cugini Montgomery da rasentare il ridicolo. Non sapevano che il marito l'avesse lasciata. Non sapevano niente di tutto quello. Quindi nei loro occhi non c'era pietà, anche se *c'erano* domande.

Ma nessuno le faceva davvero. Nessuno chiedeva effettivamente niente a qualcuno. Era come se tutti in quel gruppo avessero dei segreti e non volessero avventurarsi a vedere cosa nascondessero esattamente gli altri. E a Roxie stava bene così. Essere in un gruppo di persone che non la compativa perché era sola la ristorava, l'aiutava a non pensare alla solitudine.

Sì, avrebbe dovuto pensarci. Doveva dare i documenti a Carter e farglieli firmare.

Doveva firmarli anche lei.

Doveva parlare con lui e capire che fare con la casa e tutto il resto.

Perché non c'erano solo i suoi oggetti. Erano i loro. Avevano lavorato insieme alla maggior parte dell'abitazione e avevano comprato quasi tutto in coppia. Sì, il loro matrimonio era stato breve, ma avevano pensato di aver messo tanto nel tempo passato insieme.

Roxie non sapeva come comportarsi e lo odiava.

"Stai pensando troppo," disse Liam a voce bassa. Lei lo guardò, osservò quella mascella scolpita e quei penetranti occhi color nocciola. In testa portava un cappello ma Roxie sapeva che aveva i capelli castano scuro che si arricciavano quando erano troppo lunghi.

Liam Montgomery attirava le donne al punto che Roxie non era sicura che il cugino si sarebbe mai sistemato. Non che lei lo volesse, perché Roxie non sapeva più se credesse davvero a quell'idea. Sì, alcuni dei cugini e dei fratelli avevano trovato l'amore della loro vita. Anche Roxie credeva di averlo trovato, ma aveva fallito in modo tremendo.

Non si sarebbe messa di nuovo a credere in qualcosa che succedeva naturalmente.

Non quando stava ignorando di proposito il cuore che le faceva male e anche il corpo.

"Sto bene. Credo di essere un po' stanca, dato che abbiamo scalato la collina un po' in fretta."

Liam le scoccò un'occhiata che le fece capire che non credeva a una parola, ma non commentò. Perché era fatto così. Era lì per lei e basta. Era quello che a Roxie serviva in quel momento.

Si sarebbe comportata da persona adulta e avrebbe affrontato quello che doveva, ma non subito.

Le serviva tempo per respirare e Liam glielo avrebbe dato. Quando fosse riuscita a comportarsi da adulta, Roxie avrebbe affrontato il resto della famiglia e quegli sguardi carichi di pietà. Forse anche quelli che la giudicavano. Perché la famiglia le voleva bene, ma volevano anche che avesse la vita che non poteva più avere. E lei non sapeva che fare.

"Allora, ti va di andare a pranzo prima di rientrare a casa?" le chiese Liam mentre rimetteva il tappo alla bottiglia d'acqua prima di buttarla in macchina.

Erano seduti ognuno nel retro del proprio SUV con i portelloni alzati, non erano seduti l'uno accanto all'altra ma abbastanza vicini. Gli altri stavano cominciando ad andare via, salutavano e si mettevano in macchina. Lei e Liam erano gli ultimi rimasti e Roxie aveva la sensazione che il cugino restasse solo per occuparsi di lei.

Liam non faceva domande e non la assillava, ma non la lasciava mai sola. Roxie non sapeva se le avesse detto di andare a fare sci di fondo insieme perché uno dei suoi familiari glielo aveva chiesto o se era andato lì per conto proprio. Roxie non voleva nemmeno saperlo, per cui non glielo avrebbe mai domandato. Era solo triste perché lui era lì. Perché, nonostante il fatto che fosse stata lei a chiedere il divorzio, Roxie non voleva restare sola e il fatto che dovesse esserci Liam significava che aveva fatto fin troppi errori.

Per quanto quella avrebbe potuto essere una debolezza, non le importava. Ne aveva abbastanza, tanto valeva averne una in più. Una delle principali: non essere abbastanza forte da fare le domande che avrebbe dovuto.

E... basta così.

"Potrei mangiare qualcosa. A dir la verità, probabilmente dovrei. Non so se ho del cibo a casa. Forse dovrei fare la spesa."

Liam scosse la testa con un sorriso triste. "Ok. Sai che facciamo? Pranziamo fuori e poi andremo a prendere delle basi al supermercato."

Fece una pausa.

"Non quelle di mattoni, ma i cibi di base che ti servono in casa. Poi andremo da te a capire che devi fare e poi farai anche questa cosa che si chiama spesa online. È una nuova, fantastica invenzione in cui non devi nemmeno uscire di casa e ti portano da mangiare. È uno dei servizi che preferisco. Perché odio la gente.

Lo sai. Odio la gente, odio le file, odio i carrelli che spuntano dal nulla e mi finiscono nelle ginocchia. Mi finiscono sempre contro le ginocchia. Perché?"

Roxie scosse la testa con un sorriso. "Sei un imbecille, Liam."

"È ovvio. Sono un Montgomery. È un po' quello che facciamo. Comunque, devi avere del cibo in casa, Roxie. Devi mangiare e prenderti cura di te. E non ti dirò il motivo, perché lo sai. Ma devi prenderti cura di te. E se non lo fai allora qualcuno deve farlo per te e so che non è quello che vuoi. Potrebbe essere quello che ti serve, ma d'altronde noi non ne parliamo, vero?"

Roxie socchiuse gli occhi e finì il caffè rimasto che si stava raffreddando. "Liam."

Lui alzò le mani e sorrise di nuovo. "Dico solo che andremo a prendere del cibo e poi dell'altro cibo e poi ordineremo ancora cibo. E forse dei prodotti per le pulizie. Non lo so, forse delle buste della spazzatura. Non so che ti serve in casa. Ma scommetto che non ci hai nemmeno dato un'occhiata nell'ultimo mese. Allora, fai quello che devi e io ti sarò accanto senza dire nulla."

Roxie gli scoccò un'occhiataccia. "Parli molto per essere uno che non dice nulla."

"Posso stare zitto quando necessario, ma adesso non lo è. E non c'è nessuno che può sentire e chiedere e io vorrei farti delle domande esattamente su quello di cui stiamo parlando. Perché non stiamo parlando di quello di cui dovremmo discutere, quindi credo abbia senso."

"Niente di quello che stai dicendo ha senso." Certo che l'aveva, ma Roxie non l'avrebbe fatto sapere a Liam.

"Beh, se vuoi essere cattiva dirò il nome che non vuoi che dica e ti farò le domande che non ti sto facendo."

Quella volta, fu lei ad alzare le mani in segno di resa. "Andiamo a mangiare. Potrei mangiare una bistecca. E delle uova. Tipo una bella colazione."

"Questa è la mia ragazza." Liam saltò giù dal retro del proprio SUV e andò a baciarle la fronte. "Ti voglio bene, Roxie. Sei uno dei membri della famiglia che preferisco, anche se non ci vediamo spesso. E sì, venire in macchina fin qui fa schifo e odio il fatto di dovermi svegliare presto nel fine settimana per farlo. Ma se tu ne avessi bisogno verrei tutti i giorni. Ok? Perché odio vederti così. Odio tutto questo. Sei molto più forte di quanto pensi, devi solo trovarla, quella forza. Quindi adesso andremo a mangiare uova e bistecca che mi sembra un'idea favolosa. E poi ci occuperemo di tutto quello con cui posso aiutarti. Perché ti voglio bene, Roxie. Non dimenticarlo. Sei amata. Lo sei sempre stata e lo sarai sempre. E mi dispiace che tu stia passando tutto questo."

Roxie si asciugò le lacrime, arrabbiata con se stessa perché si era messa a piangere. Doveva smettere di piangere. Era più brava a farlo in privato ma lasciare che le lacrime cadessero davanti a qualcun altro faceva male. Perché non voleva che Liam sapesse quanto fosse profondo il suo dolore. Non voleva che qualcuno sapesse che era a pezzi. Che fosse un deserto vuoto. Odiava tutto ciò.

Perché non poteva stare bene?

Perché tutto non poteva tornare come prima?

Ma, d'altronde, a che punto voleva tornare? A prima di conoscere Carter? Quando era stata sola ma non aveva saputo cosa fosse davvero l'amore, o la perdita? Ricacciò in gola la bile e abbracciò il cugino prima di saltar giù dal SUV come aveva fatto lui. Liam chiuse il portellone per Roxie e lei si schiarì la gola. Liam lo faceva sempre, la aiutava anche quando lei aveva la sensazione di potercela fare da sola.

Forse era quello il problema. Forse pensava di dover fare tutto da sola. Gliel'avevano detto in tanti e lei li aveva ignorati. Perché era più facile ignorarli che pensare a cosa ci fosse di sbagliato in lei. Pensare a cosa ci fosse di così impossibile da amare in lei.

Roxie singhiozzò e mise in moto. Non voleva che

qualcuno la vedesse in quello stato. Non voleva *stare* così. Ma non conosceva alternative. Non più.

Lei e Liam trovarono una tavola calda mentre andavano verso casa di Roxie e lei fu felice di trovare un tavolo, vista quanta gente c'era. Non vide nessuno che conosceva e ne fu grata. I vicini erano stati molto attenti a non chiederle perché non ci fosse più il furgone di Carter nel vialetto. Ma Roxie aveva visto come la guardavano. Per fortuna, faceva turni talmente lunghi che era difficile che incontrasse qualcuno. Ma stava diventando complicato nascondere il fatto che il marito se ne fosse andato. No, non era corretto. Se n'era andato perché lei lo aveva costretto. Se n'era andato perché lei glielo aveva lasciato fare.

"Sei sicura che non vuoi dei pancake? Credo che lo zucchero guarisca tutto." Liam bevve il caffè, con gli occhi che brillavano sopra la tazza.

Roxie scosse la testa. "Prenderò la bistecca, le uova, le frittelle di patate e tutto quello che c'è di unto e che fa male, ma non aggiungerò dell'altro zucchero. Perché i grassi posso mangiarli, ma gli zuccheri non vanno tanto bene per i miei fianchi."

Liam sbuffò. "Non credo tu abbia mai avuto problemi di peso, Roxie. Non cominciare adesso. Tra lo sci di fondo e lo stress per il lavoro, sono sicuro che hai anche perso peso. Quindi ti mangerai tutta quella cazzo di bistecca."

Roxie fece una smorfia e si guardò intorno per assicurarsi che nessuno lo avesse sentito imprecare. "Bada a come parli, Montgomery."

"Sei tu che mi fai dire le parolacce, Montgomery-Marshall."

Roxie si bloccò. Si chiese perché avesse detto quel nome. Roxie aveva scelto il doppio cognome perché amava essere una Montgomery ma voleva dimostrare che amava anche Carter. Nessuno dei due aveva pronunciato il suo cognome nell'ultimo mese. Non avevano fatto il nome di Carter e avevano cercato di non parlarne. Ma evidentemente, un mese era fin troppo per Liam e aveva smesso di girare intorno all'argomento. Non ci si sarebbe buttato, ma stava mettendo giù abbastanza verità da rendere difficile ignorarlo.

E a Roxie non piaceva.

Roxie alzò il mento. "Non sto perdendo peso. Sto benissimo. Ma non aggiungerò degli zuccheri in eccesso alla mia dieta se non ne ho bisogno." Parlò in tono duro e lo sapeva.

Ovviamente, sapeva che i vestiti le stavano un po' troppo larghi, ma non poteva farci niente. Tra le dichiarazioni dei redditi e Carter, le era difficile pensare di mettere in bocca qualcosa per restare in salute. Mangiava e prendeva quello che le serviva o almeno così credeva. Ma non bastava e Liam glielo stava facendo notare.

"Mangia quella cazzo di bistecca." Lei fece un'altra smorfia e quasi gli gettò la caraffa del latte. Ma poi arrivò la cameriera con i loro piatti. Roxie aveva preso la bistecca e le uova con del pane tostato perché le piaceva inzupparlo nelle uova. Liam aveva ordinato lo stesso piatto, con dei pancake ricoperti di fragole e panna montata.

A Roxie venne l'acquolina in bocca e quasi ne ordinò anche per sé, ma sapeva che non avrebbe finito nemmeno quello che aveva nel piatto, figurarsi anche dei pancake.

Lei e Liam non parlarono di niente di importante, solo dello sci e delle bizzarrie dei fratelli di lui. Ne aveva tre come lei, ma lui era il maggiore.

Roxie non conosceva i cugini bene quanto voleva, ma cercavano di restare in contatto tramite i social. Non importava che vivessero tutti nello stesso stato: erano adulti, lavoravano ed era difficile incontrarsi di persona. Succedeva solo quando c'erano grandi riunioni di famiglia, che ultimamente erano poche e capitavano di rado.

Appena finirono, Liam andò a pagare e Roxie gli

ringhiò contro. Quando andavano a mangiare fuori dopo un'escursione in montagna pagava sempre lui. Roxie non sapeva se fosse per pietà o per il fatto che fosse un uomo e gli piacesse farlo. Ma lei avrebbe sempre battibeccato con lui perché si divertiva.

Liam doveva andare via, quindi Roxie andò a fare la spesa da sola perché era un'adulta e poteva riuscirci. Solo perché aveva ignorato quello che era importante non significava che avrebbe continuato. Stava solo passando un brutto periodo. Ma *poteva* farcela. Dopo aver preso gli alimenti di base, andò a casa, mise tutto a posto e ordinò altri prodotti che le sarebbero durati ancora un po'. Non voleva avere a che fare con gli esseri umani, con il pubblico. E non lo fece. Poi sapeva di essere sudata e sporca e probabilmente non avrebbe dovuto uscire in pubblico così, quindi andò a fare la doccia e si mise a piangere. Perché faceva male. Ne faceva tantissimo.

Quella volta, non era il dolore alle gambe, al fianco o ai polmoni. Quella volta, era il vuoto che sembrava diventare una caverna dentro di lei. Non voleva morire, ma non voleva nemmeno più vivere così. Non conosceva un'alternativa.

Non sapeva più niente.

Lasciò che le lacrime scorressero, che le scuotessero il corpo mentre cadevano sul piatto della doccia, pianse finché l'acqua non divenne fredda e dovette sciacquarsi il balsamo dai capelli con l'acqua gelida. Ma la svegliò abbastanza da farle finire la doccia e sapere che sarebbe stata bene. Perché non c'erano altre opzioni.

Quando fu nuda davanti allo specchio si asciugò il resto delle lacrime dal viso, mise la crema e i prodotti che l'aiutavano a proteggersi dal resto del mondo, e sapeva che avrebbe trovato un modo per stare bene. Perché doveva riuscirci. Doveva essere coraggiosa.

Anche se non c'era niente di coraggioso in lei.

Le mancava.

Carter le mancava tantissimo.

E Roxie non poté fare a meno di chiedersi perché lo aveva lasciato andare via.

CAPITOLO SETTE

Carter imprecò quando si graffiò le nocche contro il motore su cui stava lavorando, poi allontanò la mano e dovette resistere all'impulso di succhiare la ferita che sanguinava. Non gli servivano grasso, sporco e batteri sul taglio e di certo nemmeno in bocca.

Non avrebbe dovuto lavorare tutto il giorno sui motori. Sarebbe dovuto stare in ufficio a occuparsi della montagna di documenti che doveva ancora sistemare. Era talmente indietro su tutto che era quasi ridicolo, ma uno dei suoi uomini si era preso un giorno di malattia, quindi lui aveva dovuto lavorare su quel motore. E poi si sarebbe dovuto occupare di un cambio d'olio, poi forse di un altro paio di auto e *poi* poteva portarsi il lavoro a casa, o almeno il posto in cui viveva al momento. E avrebbe dormito circondato dai documenti, il triste stato di quella che era esattamente la sua situazione sembrava olio sulla pelle.

Era passato un mese da quando era uscito dall'unica casa che aveva mai potuto chiamare tale. Non vedeva Roxie da allora, i loro orari differenti gli permettevano di andare a prendere quello che gli serviva senza infastidirla con la propria presenza. Lei non gli aveva chiesto dove stesse, ma Carter aveva la sensazione che lo sapesse, soprattutto perché le aveva detto da dove aveva intenzione di cominciare, ma non dove era finito. Erano amici delle stesse persone, ma tutti facevano del proprio meglio per non parlare di quello che succedeva. Carter non vedeva gli altri Montgomery da quando se ne era andato. Non aveva sentito quello che dicevano, non sapeva se lo odiassero per quello che aveva fatto. Doveva loro la cortesia di parlargli e far loro sapere che, finché Roxie stava bene, non importava nient'altro. Ma non sapeva come comportarsi. Sapeva che probabilmente non avrebbe avuto un altro tatuaggio da un Montgomery e non avrebbe finito quello sulla schiena a cui lavorava da più di un anno.

Carter sapeva che non sarebbe tornato in pasticceria, non avrebbe preso una tazza di caffè e uno di quei rotolini alla cannella che gli piacevano tanto. Probabilmente non sarebbe neanche tornato nel negozio di tè di una delle loro amiche. Non avrebbe scelto una miscela che sapeva sarebbe piaciuta a Roxie ogni volta che era stressata o che avrebbe avuto bisogno di calmarsi.

Non avrebbe fatto niente di tutto ciò. Gli amici di Carter erano ancora amici della famiglia di Roxie, ma a parte gli uomini dell'officina non aveva altri collegamenti che non fossero legati anche a lei. Ma ciò non avrebbe dovuto importare perché lui *avrebbe dovuto* essere in grado di farlo funzionare con lei. Ci sarebbe dovuto riuscire per non avere la sensazione di sbagliare tutto.

Ma da quella notte, da quella perdita che aveva cambiato tutto, Carter non era riuscito a dire le parole giuste. E poi non era riuscito a trovare niente da dire.

"Capo, ti serve una mano?"

Carter guardò Anthony, uno dei nuovi assunti, e scosse la testa. "Va tutto bene, vado a lavarmi le mani e mi occuperò di questo taglio sulla mano. Puoi dare un'occhiata qui se hai un momento? Così sono sicuro di non fare altri casini."

Anthony annuì e lo raggiunse. Era giovane, pieno di energie e faceva sentire Carter anziano. Non che fosse vecchio, per niente. Ma di recente quando era stanco, cominciava a zoppicare, la notte non dormiva e si sentiva uno schifo quasi tutti giorni, Carter avrebbe giurato di avere ottant'anni e non trenta.

"Non stai facendo nessun casino, capo. Non so perché lo pensi." Anthony cominciò a canticchiare tra sé a testa bassa mentre tornava al lavoro.

Di tutti gli operai, Anthony era l'unico che non conosceva Roxie. Quindi, non sapeva che succedeva nella vita del suo capo. Certo, nessuno degli altri lo sapeva davvero, ma tutti avevano sentito che Carter non dormiva più a casa. Non pensava che qualcuno sapesse che c'erano di mezzo i documenti del divorzio, ma si sapeva che al momento Carter dormiva nella stanza degli ospiti di Landon.

Aveva cercato di andarsene un paio di settimane prima, ma Landon non aveva accettato. L'altro era un agente di borsa, in precedenza si occupava di pianificazione finanziaria e sembrava che volesse tornare a farlo. Si rifiutava di permettere a Carter di andarsene senza un piano.

Tenuto conto che Carter *non aveva* un piano, a parte cercare di non incasinarsi ancora di più la vita e ferire Roxie, aveva lasciato che Landon si occupasse di tutto.

Quindi probabilmente Carter avrebbe dovuto tirar fuori le palle, ma non sapeva proprio che pesci prendere, per cui era rimasto da Landon e aveva cercato di non occupare troppo spazio, si limitava a svolgere il proprio dovere giorno per giorno. Doveva mettere da parte dei soldi e capire che diamine fare.

Ma non era bravo in quello, cavolo.

E... doveva tirar fuori le palle.

Andò nel bagno dell'ufficio e si lavò le mani, prima di mettere del disinfettante sulle nocche e bendarle. Si era preso un'infezione il primo anno in cui aveva lavorato come meccanico ed era diventato doppiamente attento a non fare pasticci con la pelle. In più, poteva essere guarito dall'incendio, ma sapeva che un solo passo falso avrebbe mandato tutto al diavolo. Non doveva più lottare contro le infezioni sulle ferite perché erano guarite, ma la mattina si sentiva ancora indolenzito e, quando faceva molto freddo, poteva sentirlo nelle ossa e nella pelle che tirava. Per fortuna, le ferite non erano così brutte quanto pensava all'inizio. Di quello era grato. Perché non avrebbe saputo come avrebbe fatto, se fosse stato peggio. Non sapeva se sarebbe stato in grado di restare da Roxie (cavolo, era casa loro) più di quanto aveva fatto. Sì, avrebbe dovuto se la guarigione lo avesse richiesto, ma per fortuna non era stato quello il caso. E di certo non sapeva cosa sarebbe successo se avesse dovuto restare lontano dall'officina ancora più tempo.

Perché stava lavorando fino allo sfinimento, cercava di non perdere l'ultima cosa che gli era rimasta. Aveva messo tutto quello che aveva nell'attività prima di trovare Roxie, proprio come aveva cercato di mettere tutto se stesso nelle loro vite, ma non aveva funzionato. L'officina era in attivo, ma di poco. Se avesse saltato qualche altro giorno o fosse rimasto ancora indietro sarebbero finiti in rosso e quei documenti per un prestito avrebbero cominciato a maledirlo e infestargli i sogni.

Carter non voleva averci niente a che fare, non voleva perdere tutto quello che gli restava.

Avrebbe lottato, anche se aveva cercato di farlo anche per tutto il resto e aveva fallito.

Ma bastava così. Doveva smetterla di compatirsi, mettersi a lavorare e non pensare ad altro.

Certo, appena ci pensò, uscì e vide Landon e Ryan con indosso i cappotti, l'uno l'opposto dell'altro.

Landon aveva uno di quei cappotti neri lunghi fino al ginocchio che sembravano doppiopetto come un caban ed era molto elegante. Dava l'impressione di dover andare a passeggiare per New York invece che essere in un'officina di Colorado Springs. Ryan indossava una giacca di pelle malandata da cui si vedeva il colletto della camicia di flanella. Avevano entrambi dei tatuaggi, ma quelli di Ryan erano molto più visibili. Landon faceva del proprio meglio per nascondere i propri al resto del mondo, perché non tutti volevano affidare i propri soldi a un uomo tatuato. Carter aveva la sensazione che prima o poi, il suo amico se ne sarebbe fregato e si sarebbe fatto un tatuaggio su una mano o un posto simile, abbastanza visibile per dare fastidio alla gente. Perché Landon era fatto così, avrebbe preso in giro chiunque cercasse di giudicarlo.

"Che ci fate qui?" chiese Carter mentre li raggiungeva. Tese la mano e strinse ognuno di loro in quel mezzo abbraccio che non capiva davvero.

"Ti portiamo a pranzo."

Carter alzò un sopracciglio. "Sul serio? Non venite mai qui per portarmi a pranzo."

"Non è vero," disse Ryan e scosse la testa. "Ci abbiamo provato, ma eri sempre in ufficio al telefono con qualche fornitore o eri troppo impegnato. Ma questa volta non accetteremo un no come risposta. Se necessario, ti rapiremo."

"Per quanto io possa sembrare magro e molto garbato, posso ancora farti il culo." Landon gli fece l'occhiolino.

Ryan rise e alzò gli occhi al cielo. "Sul serio? Chi cavolo usa aggettivi come 'garbato'?"

Carter non poté fare a meno di sorridere e fu il primo vero sorriso in quella che gli sembrava un'eternità. "Siete due idioti."

"E allora? Anche se, a essere onesti, non credi che

uno dei due sia più idiota dell'altro?" Landon parlò con un tono così sofisticato, molto vicino alla beffa, che Carter quasi diede un pugno in faccia all'amico e coinquilino.

Landon aveva fatto molto per Carter, così come Ryan. Non lo avevano fatto sentire isolato e solo. Ma una parte di lui aveva ancora quella sensazione.

"Ho un sacco di lavoro da fare oggi, ragazzi."

"Anche noi. E non ce ne frega niente. Vieni a pranzo con noi. Non ci vorrà nemmeno un'ora. Ma mangerai e farai conversazione. E cercherai di non coprirti di grasso."

"Voi due..." Ma Carter non disse altro. Scosse la testa e se ne andò, sapeva di essere stato sconfitto.

Perché, onestamente, quei momenti gli mancavano. Landon lavorava fino a tardi come Carter. In più, doveva gestire la propria relazione con Kaylee, sebbene Carter non ne sapesse nulla perché Landon era peggio di lui quando si trattava di spiegarsi e parlare. Beh, forse non peggio, ma talmente simile da sembrare inquietante.

"Ehi, ragazzi, vado a pranzo. Difendete il forte?"

Anthony e gli altri annuirono e gli fecero cenno di andarsene.

"Prenditi tutto il tuo tempo capo, è bello vederti andare in giro." Gli altri guardarono male Anthony come se avessero parlato di Carter di nascosto e probabilmente lo avevano fatto. Anthony scrollò le spalle e tornò al motore.

Carter scosse la testa e si chiese che succedesse a quei ragazzi e perché gli importasse di lui. Non sapeva come ripagare il fatto che non lo avevano fatto sentire solo, proprio come si erano comportati Landon e Ryan.

I tre entrarono in un locale della zona che non avrebbe sollevato problemi per il fatto che uno di loro indossava un completo e l'altro dei jeans con una camicia di flanella sopra una maglietta o che Carter fosse coperto di grasso. Aveva cercato di lavarlo via, ma sapeva che spesso era inutile.

Carter ordinò un panino con insalata di contorno anche se avrebbe preferito delle patatine, ma non faceva più molto esercizio e non andava a camminare con Roxie. Quelli erano i tempi in cui si allenava di più. Quello, e andare a letto con lei... non che ci avrebbe pensato. No, non ci avrebbe pensato affatto.

"Allora, ne vuoi parlare?" chiese Landon e si mise a giocare con il ghiaccio della Diet Coke.

"Non c'è niente di cui parlare, lo sai. Vivo nella tua camera per gli ospiti."

Ryan si chinò in avanti, preoccupato. "Sai che sarebbero passati anche Dimitri, Mace e Shep. Gli ho detto che sarei venuto io. Ma diventerà imbarazzante, più di quanto non lo sia già. Lo sai, vero?"

Carter si irrigidì per un attimo prima di annuire. "Lo so. Non si stanno schierando perché non ci sono parti da prendere. Ci sono Roxie e la sua famiglia e poi ci sono io, che non sono un Montgomery. Non lo sono mai stato e non lo sarò mai. Lo capisco. E voi non dovete schierarvi se non volete. Perché Kaylee e Abby sono amiche di Roxie. Se per voi diventa complicato, non vi giudicherò. Ok? Lo capisco, se dovete stare accanto alle vostre donne."

Landon alzò un dito. "Per cominciare, Kaylee non è la mia donna."

"Stronzate," Ryan si tossì in una mano. Carter rise dal naso ma lasciò che Landon continuasse.

"Secondo, siamo tuoi amici. Lo sono anche gli altri, ma sono letteralmente sposati in quella famiglia o hanno legami di sangue. Credo che una volta che ti sarai seduto a parlare con tua moglie, forse non dovremo schierarci per niente."

Carter sospirò. "Landon."

"No, devi parlare con tua moglie. Non so cosa sia successo esattamente, ma so che eri scontroso e non pensavi ad altro che ad assicurarti che stesse bene. Perché sei fatto così. Sei il cavaliere che fa tutto il possibile per proteggere la damigella. Ma la tua damigella ha bisogno di parlare. E anche il cavaliere. Lo meritate entrambi. Io non capisco."

"Landon," disse Ryan a voce bassa. "Non siamo qui per questo, lo sai."

Carter scosse di nuovo la testa. "Ci sono cose che non sapete."

"Cose che non ci dici. Ma capisco che sia dura. Credimi, lo so. Ma se ti arrendi, allora arrenditi completamente e vai avanti. Mi fa male vedere come sta Roxie. Anche se non la incontriamo spesso."

Carter alzò la testa di scatto. "Come?"

Fu Ryan a rispondere. "Si è praticamente tagliata fuori dalla famiglia, amico. Non passa al negozio, non viene per il tè o il caffè. Ha saltato un paio di serate di giochi e di cene di famiglia. Dice che è per le dichiarazioni dei redditi, ma Shea partecipa lo stesso."

Shea era la moglie di Shep e lavorava anche lei come commercialista. Aveva anche una bambina piccola. Carter riuscì a malapena a resistere all'impulso di fare una smorfia. Una bambina, cavolo.

"Allora non sapete se sta bene?"

"Forse se glielo chiedessi lo sapresti," sbottò Landon e poi gli mancò il fiato. "Scusa. Sono stressato per altri motivi e me la prendo con te."

"Non ti preoccupare. Probabilmente me lo merito."

Ryan guardò prima uno poi l'altro e poi sembrò che si stesse per arrendere. "Roxie è così chiusa nel suo mondo che fa quasi saltare i nervi. Proprio come te. Ma so che troverete una soluzione. Perché dovete trovarla, lo so. Adesso, ciò che so su Roxie è che sta respirando un po', si è presa un po' di spazio, credo. Sta facendo sci di fondo con Liam."

Carter non sapeva perché, ma sentì una stretta allo stomaco. Chi cavolo era Liam? E perché faceva così male il fatto che lei ci facesse sci di fondo (sport che non aveva voluto fare con Carter perché gli aveva detto che non le interessava più o era troppo impegnata e avrebbe preferito passare del tempo con lui)?

"Liam Montgomery," aggiunse Landon a voce bassa. "Il cugino di Boulder."

Carter fece del proprio meglio per non dare l'impressione che quella frase lo facesse sentire sollevato. Perché se così fosse stato, allora avrebbe significato che gli importava se lei andava avanti, mentre non avrebbe dovuto importargli perché non vivevano più insieme. Non si parlavano più.

Stavano per divorziare.

Non erano più Roxie e Carter. Se lei voleva uscire con un uomo di nome Liam, avrebbe potuto farlo. Ma il fatto che lui fosse il cugino gli era un po' d'aiuto. Carter avrebbe dovuto essere per lo meno un po' onesto con se stesso, anche se non lo avrebbe detto ad alta voce.

"Odio tutto questo." Non voleva dirlo, ma era felice di aver pronunciato quelle parole.

"Anche noi lo odiamo per te," Ryan aveva parlato con tono dolce e tutti e tre smisero di parlare mentre arrivava il cibo.

"Che farai, Carter?" chiese Landon e si mise a giocare con le patatine.

"La amo. La amo con tutto me stesso. Ma dopo che le cose cambiano, quando perdi qualcosa, quando ti rendi conto che non sei abbastanza, capisci che l'amore non basta. E non lotterò per qualcosa che non esiste. Non degraderò quello che avevamo, o almeno quello che *credevo* avessimo, perché pensavo che potessimo essere di più. Roxie non mi ama. Forse mi ha amato, ma adesso non più. Glielo vedo negli occhi. Lo sento in quello che dice. Per cui sì, me ne vado perché lei lo vuole. E mi odio per questo, ma non posso cambiare la situazione."

Gli amici lo guardarono confusi. Sì, lo capiva. Era confuso anche lui. Ma era passato un mese dall'ultima volta che aveva parlato con la moglie. Un mese da quando era andato via.

E non sapeva più come reagire.

Perché aveva perso qualcosa. Avevano smarrito

qualcosa di vitale tra loro e la perdita aveva trasformato quello che avevano in qualcosa di più profondo, oscuro e corrotto.

Non c'era modo di tornare indietro.

Non c'era modo di fare funzionare qualcosa tra due persone che non si conoscevano più.

E Carter immaginò che fosse davvero la fine. Perché doveva esserlo.

CAPITOLO OTTO

Roxie aveva trovato il modo di fare l'adulta. Si nascondeva dietro il trucco e i completi che indossava ogni giorno. Ma da quando aveva trovato il modo, non era sicura che sarebbe stata davvero pronta a comportarsi come tale.

Sapere che ne era in grado significava che poteva fare qualcosa di coraggioso... come invitare le sorelle a cena e a bere vino, che non proponeva da mesi.

Era passato troppo tempo dall'ultima volta che Thea e Adrienne erano andate a cena da Roxie. In effetti, Roxie non ricordava nemmeno quando era successo l'ultima volta. Thea le ospitava più spesso per le serate di giochi o per mangiare. Adrienne di solito lasciava che fossero Thea o i genitori a proporre gli incontri, perché casa sua era piccola e poi si stava trasferendo da Mace. Così Daisy, la figlia di Mace, non avrebbe dovuto traslocare di nuovo in poco tempo.

Inoltre, Shep e Shea erano appena tornati a Colorado Springs. Beh, non proprio *appena*, tenuto conto che il negozio di tatuaggi era già avviato e andava molto bene. Sembrava che tutto andasse troppo in fretta e Roxie avesse difficoltà a tenere il passo.

Sapeva di dover tornare a essere parte della famiglia. Perché il problema era che aveva provato troppo a diventare chi doveva essere, in modo da sentirsi di nuovo completa, e aveva allontanato tutti.

Incluso Carter.

Ne era consapevole... Non aveva parlato con lui, non gli aveva detto quello che provava, non gli aveva detto davvero nulla quando era successo tutto. Si era ritirata dentro se stessa e aveva cercato di fingere che andasse tutto bene. E quando non era stato così, aveva incasinato tutto.

Roxie non aveva idea di quale sarebbe stato il prossimo passo, ma sapeva che era meglio smettere di isolarsi. Per farlo, doveva tornare a essere una Montgomery. Doveva vedere le sorelle, smettere di ignorare le telefonate e i messaggi e di pensare che sarebbero corse a cercare di sistemare la situazione al posto suo. Perché non lo avevano ancora fatto, a pensarci bene l'avevano proprio lasciata in pace.

Sì, si preoccupavano sempre per lei e volevano aiutarla. Ma non erano mai intervenute. Erano fantastiche e Roxie doveva ricordarselo.

Prima che potesse chiudersi nei propri pensieri e convincersi a cancellare la serata perché era troppo preoccupata da come avrebbero potuto reagire, qualcuno bussò alla porta, poi suonò il campanello e Roxie sentì ridere dall'esterno.

Erano arrivate le sorelle.

Roxie non sapeva perché fosse nervosa e felice allo stesso tempo. Oh certo, era perché le aveva allontanate mentre cercava di allontanarsi da sé.

Certo, si sentiva così per quello.

"Ehilà," disse mentre apriva la porta e cercava di dare l'impressione di stare bene. Non stava bene per niente, ma non ci avrebbe pensato in quel momento.

Wow, se lo ripeteva spesso.

Adrienne le sorrise, con i lunghi capelli scuri acconciati in cima alla testa. Thea scosse la testa e alzò gli occhi al cielo prima di sorriderle, i capelli sciolti al vento sembravano un po' diversi dato che aveva aggiunto dei riflessi color miele.

Le sorelle di Roxie si somigliavano molto, con quegli occhi azzurri luminosi e i tratti intensi. Roxie era sempre stata un po' diversa, i capelli un po' più chiari, gli occhi un po' più scuri. Somigliava più a

Shep, ma lui aveva più di dieci anni più di lei, per cui non erano stati molto simili da bambini. Ma Roxie aveva visto le fotografie, sapeva che i suoi tratti erano quasi uguali a quelli del fratello. E Livvy, la figlia di Shep e Shea, somigliava a Roxie da bambina.

"Perché hai alzato gli occhi al cielo?" chiese Roxie, poi si fece da parte per far entrare le sorelle.

"Perché mi aspettavo un lungo discorso o un silenzio imbarazzato e non sapevo cosa sarebbe successo, per cui ero nervosa e ho alzato gli occhi al cielo come un'idiota. Mi dispiace. Ho portato il formaggio. Ovviamente ce l'ho: sono Thea Montgomery, ho sempre il formaggio."

Le porse un bellissimo tagliere con almeno cinque formaggi, degli insaccati, miele, marmellata e un paio di altri contorni da usare col formaggio. Thea era probabilmente la miglior pasticciera che Roxie conoscesse. E tuttavia aveva una relazione quasi orgasmica con il formaggio. Tenuto conto del fatto che con Dimitri aveva una relazione molto simile, Roxie era felice che si fossero trovati.

Tuttavia, quella loro passione significava che Roxie non sarebbe mai rimasta affamata quando si trattava di prodotti caseari.

Dato che pensava al formaggio, si rese conto di avere fame.

Per fortuna, ce n'era un piatto intero.

"Sul serio?" Roxie scosse la testa e portò il piatto in cucina. "È così che vuoi cominciare?"

"Non ci è mai capitato. Non sono molto brava in queste situazioni imbarazzanti. Cioè, tutta la mia vita è imbarazzante, ma lo sapete già."

Roxie rise dal naso e versò il vino. Non doveva nemmeno chiedere alle sorelle quale volessero. Mentre faceva girare i bicchieri, Adrienne si tolse il cappotto e Roxie portò sia il suo che quello di Thea nel guardaroba.

Le tre sorelle si accomodarono e fecero del proprio meglio per fingere che andasse tutto bene, anche se non era così.

"Non so che sto facendo. E mi dispiace se mi comporto da idiota. Mi dispiace di avervi allontanate. Vi voglio bene, ma non so che mi sta succedendo."

"Cos'è che non va con Carter, Roxie?" chiese Adrienne, con voce dolce. "Ti vogliamo bene e abbiamo fatto del nostro meglio per darti spazio, ma siamo preoccupate."

"Pensavo che Liam vi avesse aggiornati," disse Roxie, senza sapere se stesse guidando la conversazione o facendo domande.

Le sorelle fecero una smorfia e Roxie si rese conto di essere sulla strada giusta. "Ci dispiace, ma Liam non ci fa rapporto." La sorella fece un'altra smorfia poi mise giù il bicchiere. "Così suona orribile. È solo che io, Shep e Adrienne pensavamo che forse qualcuno con cui condividi gli stessi hobby ti avrebbe fatto bene. Ma non ci dice di cosa parlate, non ci dice nemmeno quando vi vedete. Ogni tanto gli chiediamo se siete usciti insieme e lui grugnisce o risponde ai messaggi. Per cui, mi spiace ma... eravamo preoccupate per te e non sapevamo che pesci prendere."

"Dispiace molto anche a me. Vogliamo bene a Liam, siamo felici che anche lui esca di casa, ne ha un disperato bisogno. Non sapevamo che altro fare e ti vogliamo molto bene, Roxie."

Roxie si asciugò una lacrima, ma non ne vennero altre. Ne fu grata. Non era dell'umore per mettersi a singhiozzare. "Pensavo che qualcuno avesse chiamato Liam per dirgli che probabilmente avevo bisogno di qualcuno. Fino a poco fa, non mi aveva chiesto nulla, ma adesso sì e penso che avermi sopportata per un mese col broncio e a fare la bambina sia stato abbastanza."

"Non sei una bambina e non ti comporti come tale."

Roxie scrollò le spalle alle parole di Thea. "Non affrontare le mie emozioni o quello che mi circonda e buttarmi su altro per non per non pensare a quello che è davvero importante è da bambini." Ogni volta che pronunciava la parola *bambina*, Roxie faceva una smorfia interiore, ma per fortuna le sorelle non se ne accorsero. Per fortuna, non la guardavano attentamente mentre pronunciava quella parola.

"Cos'è successo con Carter?" chiese di nuovo Adrienne.

"Non voglio scendere nei dettagli. So che devo e arriverà il momento, ma devo prima pensare da sola a cosa dire e ora non ci riesco. Devo prima parlare con lui, è l'unica soluzione. Per colpa di alcune situazioni che sono successe e perché non pensavo che fossimo le persone giuste, ho chiesto il divorzio."

Entrambe le sorelle rimasero ferme con gli occhi sgranati e batterono rapidamente le palpebre.

"Hai chiesto il divorzio?" chiese Thea, con voce calma in modo ingannevole. "Sei stata tu a chiederlo?"

Roxie annuì. Deglutì rumorosamente e cercò di non ricordare l'espressione di Carter quando aveva visto i documenti. "Non abbiamo ancora firmato nulla e non so che altro succederà. Ma è fatta. È finita, o almeno credo, perché lui non vive più qui. Se ne è andato appena si è ristabilito. Sapete che è a casa di Landon. E non tornerà. Perché il nostro matrimonio funzioni, deve esserci qualcosa che ci fa stare insieme, che ci tiene insieme. E non credo che lo abbiamo più."

"Questo non puoi saperlo, Roxie. Lo hai detto tu stessa, devi parlargli. Allora parlaci."

"Voglio farlo, Adrienne. E ci abbiamo provato. Ma non ha funzionato. Non mi ama più."

"Non ne hai la certezza, Roxie," aggiunse Thea.

"Lo so. Questo è il problema. Perché se mi avesse amata avrebbe funzionato."

"Tu lo ami?" le chiese Adrienne.

Roxie voleva rispondere, voleva capire quali fossero le parole giuste. Ma era difficile dire a qualcuno cosa le passava esattamente per la testa quando non riusciva a capirlo lei stessa. Amava tantissimo l'idea di Carter. Amava tantissimo *lui*. Ma non bastava. Non le piaceva la persona che lei era diventata mentre lo amava. Non le piaceva non sapere come essere se stessa, che non sapeva nemmeno chi fosse quando era con lui. Ed era solo colpa di Roxie.

E se doveva capire come ritrovare se stessa e scoprire quali parti di lei erano rimaste dopo che tutto era crollato, non poteva stare con qualcuno che non l'amava. Non poteva stare con qualcuno che lei temeva di non amare più.

"Certe volte, l'amore non basta."

Non si era accorta che le sorelle si erano bloccate ad occhi sgranati finché non sentì il suono discreto di qualcuno che si schiariva la gola alle sue spalle. Roxie si irrigidì per un attimo e poi mise giù il bicchiere di vino prima di alzarsi.

"Non ti ho sentito entrare," disse, la voce quasi priva di emozione.

Il marito scosse la testa. "Non volevo interrompervi, ragazze. Dovevo venire a prendere dei vestiti che avevo dimenticato. Non ho visto le auto nel vialetto."

"La mia è in garage." Di solito la lasciava nel viale. Non c'era molto spazio per fare il bucato ma, senza l'auto di Carter, c'era lo spazio per quello e per l'auto. Roxie poteva vedere che lui aveva avuto lo stesso pensiero e voleva asciugarsi le lacrime, ma non ce ne erano. Non potevano esserci, se non voleva crollare in quel momento.

Erano i piccoli gesti (come poter mettere l'auto in garage perché quella di Carter non c'era) che facevano capire a entrambi che quella situazione stava diventando più definitiva di quanto Roxie volesse pensare.

"Noi abbiamo preso un taxi," disse Adrienne. "Così possiamo bere vino. Per questo non le nostre auto non ci sono. Scusa, Carter."

"È bello vederti, Carter." Thea parlò in fretta e poi fece una smorfia prima che lei e Adrienne si alzassero e mormorassero qualcosa di imbarazzato prima di andare in sala da pranzo. Roxie era felice che le sorelle non fossero rimaste a guardare, ma sentiva la loro mancanza. Non voleva affrontarlo da sola e sapeva che se le avesse chiamate sarebbero state lì con lei. Non era mai sola con la famiglia che la supportava sempre. Ma perché aveva la sensazione che le servisse supporto per parlare col marito?

"Ti serve aiuto?" gli chiese, senza sapere che altro dire.

"Sto bene. Posso tornare più tardi."

"Non andare," le sfuggì e lui la guardò e si mise le mani in tasca. Roxie volle pensare che fosse perché si tratteneva dal toccarla, ma non voleva sperarci troppo.

Le mancava tantissimo essere toccata da Carter. Era passato molto tempo. Ne aveva nostalgia.

Suo marito le mancava tantissimo.

"Vado solo a prendere un paio di maglie e poi vi lascio sole." Fece una pausa. "Hai un bell'aspetto, Roxie."

"Grazie," disse lei a voce bassa. "Anche tu."

Era vero. Carter sembrava più in salute, anche se i cerchi scuri che aveva intorno agli occhi stavano diventando profondi come quando lavorava fino a tardi. A parte quello, sembrava che entrambi stessero bene, come prima che cambiasse tutto. E Roxie non sapeva che pensare. Perché stavano meglio ed erano più sicuri di loro stessi quando non erano insieme?

Quel pensiero faceva male più di tutti. E se il

motivo per cui stavano annegando era perché si trascinavano l'un l'altro nell'abisso?

"Farò in fretta. Puoi dire alle tue sorelle che possono tornare. Non resterò a lungo."

E poi andò nella stanza degli ospiti e Roxie poté sentirlo prendere qualcosa. Lei rimase dov'era, non chiamò le sorelle, non chiamò lui.

E poi Carter la superò, si fermò accanto a lei e si chinò a baciarle la guancia.

Le aveva baciato la guancia.

Roxie aveva sentito le labbra di Carter sulla pelle e riuscì a ricordare tutto quello che avevano e perché aveva fatto così male perderlo. Perché non era solo il fatto che non parlavano, ma non parlavano dell'unico argomento che contava. Era qualcosa che lei non era sicura di potergli dare. E che non era sicura di volere. Ed era il motivo per cui erano stati insieme all'inizio.

Almeno in astratto.

Roxie era tremendamente confusa.

"Ci sentiamo presto," disse velocemente Carter. "Perché dobbiamo parlare, Roxie. Ok?"

Roxie deglutì rumorosamente. "Certo, dobbiamo parlare."

"Bene."

E poi se ne andò. All'improvviso, le sorelle di Roxie tornarono e la abbracciarono e lei si abbandonò a loro.

Ma non pianse. Perché, se avesse pianto, avrebbe dovuto riconoscere che era tutto finito e che era tutto orribile. Anche se sapeva che era così, non riusciva ad ammetterlo. Voleva solo mangiare formaggio, bere del vino e fingere che fosse tutto come prima.

Ma non era così. Perché niente era come prima. Niente lo sarebbe più stato da quando si era quasi dissanguata sul tappeto e aveva pensato di morire.

Ma era rimasta lì. Il cuore sanguinava e non il corpo.

Ed era finita.

Era finita davvero.

CAPITOLO NOVE

Carter sapeva che, di tutto quello che avrebbe potuto svolgere quel giorno, l'unica faccenda che sapeva di dover sbrigare era quella di cui aveva meno voglia.

Finalmente era arrivato il momento e lui sapeva di doverlo affrontare, anche se avrebbe preferito essere in tutt'altro posto.

Era seduto di fronte alla moglie e guardava ovunque tranne che lei, perché sapeva che se l'avesse guardata, gli avrebbe fatto troppo male. Certo, quella mattina appena l'aveva vista entrare, Carter non era riuscito a toglierle gli occhi di dosso, anche se era più doloroso di quanto potesse sopportare.

Erano seduti in un bar in cui forse non erano mai stati, per lo meno non insieme, e di quello ne era grato. Non voleva andare in un posto in cui avevano dei ricordi. Di sicuro non voleva vederla nella casa dove avevano condiviso davvero tanto, l'edificio in cui lei viveva ancora e di cui lui non sarebbe più stato parte. Carter non pensava che i familiari di Roxie o gli operai dell'officina andassero in quel bar, il che significava che era più difficile che incrociassero qualcuno che conoscevano. Meglio così.

Carter non voleva affrontare nessuna domanda, nessuno sguardo. Non voleva affrontare molto, tranne il momento imminente. Avrebbe fatto male. Avrebbe fatto un male cane e sapeva che sarebbe stato come tagliarsi via un pezzo di cuore. Lo avrebbe fronteggiato perché doveva.

Carter sapeva che l'amore non bastava più, non era abbastanza da tempo. Aveva chiamato Roxie e le aveva chiesto di incontrarlo lì. Le aveva chiesto di portare i documenti, quelli che lui non aveva guardato da quando li aveva trovati dopo essere tornato a casa dall'ospedale, a soffrire in mille modi diversi.

Avrebbe trovato un modo. Avrebbe capito esattamente come poter continuare a respirare. Era quello di cui aveva bisogno *Roxie*. Alla moglie serviva una vita in cui non rifugiarsi costantemente in se stessa. Forse se lo meritava anche Carter, ma non ne era più sicuro.

Sapeva che non funzionava e non avrebbe forzato niente che ferisse entrambi. Essere in una perpetua condizione di disagio, dolore e fallimento non faceva altro che permettere alle sabbie mobili di inghiottirli più in fretta e con più forza.

"Grazie di avermi incontrato qui," disse Carter a voce bassa. Finalmente guardò Roxie e si costrinse a non sospirare, a non allungare una mano a spostarle i capelli dal viso. Si costrinse a non supplicarla, a non dirle che quello che stava per succedere era un errore, che potevano sistemare tutto.

Non era quello che voleva lei. Non era quello di cui avevano bisogno. Per lo meno, era quello che Carter continuava a ripetersi. Non si sarebbe messo a supplicare, né si sarebbe messo in ginocchio.

Anche se avrebbe voluto.

O per lo meno, lo voleva una parte di lui.

"Non sapevo nemmeno che qui ci fosse questo posto," disse Roxie e distolse lo sguardo da lui prima di guardarsi intorno.

A Carter mancavano gli occhi blu di Roxie, gli mancavano più di quanto volesse ammettere. Forse non li avrebbe più rivisti.

Sapeva che per ottenere il divorzio non bastava semplicemente firmare i documenti, sarebbe riuscito a rivedere Roxie, ma avrebbero dovuto affrontare tutto quello che ne conseguiva. Carter avrebbe letto quei fogli e li avrebbe firmati.

Diamine, aveva letto abbastanza documenti formali quando aveva aperto l'officina che probabilmente avrebbe potuto immaginare quello che doveva fare.

Ma avrebbe forse finito col tagliarsi via una parte del cuore in mille modi quando si trattava di quello che stava per firmare.

Era finita.

Doveva affrontarlo. Doveva, anche se era più doloroso di quanto volesse ammettere. Si schiarì la gola. "Ci sono passato davanti qualche volta. Pensavo sarebbe stato meglio parlare qui piuttosto che a casa tua."

Roxie si voltò di nuovo verso di lui e sgranò gli occhi. Carter si chiese se fosse perché aveva detto casa *tua* e non semplicemente *a casa*. Non sarebbe più stata casa di Carter. Non poteva. Si sarebbe assicurato che la ottenesse lei. Per lo meno, quelle erano le sue intenzioni.

Non voleva trovarsi proprio per niente in quella situazione.

C'erano un sacco di cose che non voleva sbrigare nella vita, ma si rimboccava comunque le maniche. Tipo la dichiarazione dei redditi, la spesa al supermercato, o piegare il bucato. Pensò che sarebbe stato lo stesso. Anche se era completamente diverso.

"Sono felice che parliamo qui. Ho portato i documenti, ma non dovresti firmarli ancora." La voce di Roxie sembrava stanca e Carter aveva la sensazione che lo fosse anche la propria. Non sapevano cosa facevano, ma quando si trattava di loro era parte del gioco.

"Perché non dovrei?"

"Perché ne dobbiamo parlare. Dobbiamo esaminarli con il tuo avvocato e con il mio."

A Carter si strinse lo stomaco, ma sapeva che non gli si vedeva in faccia. Ormai non mostrava più niente. "Perché dobbiamo passare per gli avvocati? Non mi opporrò, Roxie. Avrai tutto quello che vuoi, incluso il divorzio."

Sembrava che l'avesse schiaffeggiata, non che Carter avesse mai alzato una mano su di lei. Pensò di essere sembrato un po' brusco, ma non aveva idea delle proprie azioni. Stava incasinando tutto e doveva capire come muoversi. Aveva solo una certezza: era un errore, uno con cui avrebbe dovuto convivere perché non aveva modo di tornare indietro. Roxie voleva il divorzio e lui glielo avrebbe concesso. Ma si sarebbe odiato ogni giorno.

Ma finché non odiava lei, andava tutto bene.

"Non dico che ci serva davvero un avvocato, ma devi leggere i documenti. Devi assicurarti che le richieste preliminari siano corrette. Non voglio portarti via nulla, Carter."

Si era già presa il suo cuore, che altro era rimasto?

"Sono sicuro che sia tutto a posto. Però adesso le leggo. Tu bevi il caffè e io farò in fretta."

Roxie scosse la testa. "No, leggi tutto. Fai con calma. *Per favore?*"

Glielo chiedeva per favore perché non voleva che firmasse? O perché voleva assicurarsi che fosse tutto in ordine, che non avesse saltato nulla? Carter non lo sapeva più e ciò gli fece capire che doveva essere finita. Non conosceva la moglie. Non sapeva niente di lei. Non sapeva cosa volesse o di che avesse bisogno. Lui non era abbastanza e doveva accettarlo. Se lo fosse stato, Carter sarebbe riuscito a capire come farla parlare di nuovo. Sarebbe riuscito a capire come farla uscire dal guscio per cogliere esattamente cosa non andasse.

Ma Carter non ci era riuscito ed era tutta colpa sua. Forse era colpa *loro*, ma per lo più di Carter.

Sospirò, sapeva che Roxie aveva ragione. Non poteva firmare dei documenti legali seduto in un bar senza nemmeno leggerli. Non sapeva se gli servisse davvero un avvocato, ma forse avrebbe parlato con Landon, che non era un avvocato, ma probabilmente avrebbe saputo consigliarlo. Quella situazione superava di molto le abilità di Carter, al punto che non riusciva nemmeno a ridere.

"Me li porto a casa e li leggo."

Roxie annuì rapidamente e strinse la tazza di caffè con entrambe le mani. Carter ricordò che la moglie ce le aveva sempre fredde. Anche d'estate, alle volte, gli si accoccolava contro mentre dormivano. Lui sudava sotto tutte le coperte che a lei piaceva usare, ma poi Roxie lo toccava con le mani o i piedi freddi e gli sembrava di essere nella tundra.

Carter ricordò che erano andati dal medico per assicurarsi che Roxie stesse bene, che quello che era successo non avesse nulla a che vedere con le mani e i piedi freddi. La circolazione non c'entrava nulla. Per lo meno, era quello che aveva detto il medico. Carter non sapeva cosa potesse averle detto nelle ultime visite perché lei non gliene aveva parlato. Lui gliel'aveva chiesto, ma lei lo aveva ignorato e lui non lo aveva più domandato.

Per quello era colpa di entrambi e non aveva funzionato.

"Questa è la tua copia, io ho la mia. Quando le avremo lette, possiamo parlarne di persona o tramite gli avvocati. Poi potremo pensare al resto perché... è tutto." Roxie fece una pausa. "Giusto?"

Carter rimase immobile, non si aspettava quella domanda. Era stata Roxie a chiedere il divorzio, anche se avevano iniziato ad allontanarsi molto tempo prima.

Carter si ripeté che non avrebbe dovuto fare così male. Ma d'altronde, forse doveva essere così.

"Le leggerò il prima possibile e ti farò sapere." Rimase seduto per un attimo. Che altro poteva dire? C'era dell'altro che *avrebbe potuto* dire? "Devo tornare al lavoro. Non posso lasciare l'officina troppo a lungo."

Negli occhi di Roxie passò qualcosa, ma lei non disse nulla. Non dicevano mai nulla. Per cui, Carter si alzò, si chinò e le sfiorò la guancia con le labbra. Non sapeva perché lo avesse fatto. Era il gesto più stupido che potesse venirgli in ment, ma si comportava da stronzo, da idiota. Era la seconda volta che le baciava la guancia da quando era andato via di casa. La seconda volta gli era piaciuta molto. Gli era piaciuto tutte e due le volte. Non ricordava nemmeno più com'erano le labbra di Roxie, non si baciavano da troppo tempo. Non si toccavano da troppo tempo.

Persino con tutto quel dolore, persino mentre andava via, Carter aveva avuto il riflesso di chinarsi e baciarle la guancia. Gli mancava la sensazione della pelle di Roxie sotto la propria. Gli mancava tantissimo di lei.

Lei si era irrigidita tutte e due le volte e non lo aveva guardato né aveva detto nulla. Carter si voltò e non si scusò perché, in un certo qual modo, era un addio. Forse, andava via da quello che non avevano più.

Alzò il mento per un altro cenno di saluto e poi uscì dal bar, lasciando la tazza di caffè ancora piena e calda. Carter non aveva avuto voglia di berlo, non aveva avuto voglia di mangiare.

E non sarebbe tornato al lavoro. Si era preso il giorno libero anche se non doveva. I ragazzi potevano cavarsela. Gli avevano dimostrato di poter gestire l'officina quando lui era a letto, incapace di muoversi perché gli faceva male tutto.

Ma in quel momento stava bene, era guarito.

No.

Era distrutto.

Era a pezzi.

Era dannatamente arrabbiato. Perché non aveva capito niente?

Perché era così difficile porre le domande più dolorose? Ci aveva provato, ci aveva provato tanto, ma forse non abbastanza. O forse, indipendentemente da quanto ci provasse, non poteva funzionare.

Se ne sarebbe andato perché era quello di cui Roxie aveva bisogno. Perché la amava fino a quel punto.

E Carter si odiava per quello.

Andò da Landon e stringeva il volante con tanta forza da sbiancarsi le nocche. Sentì la bile risalirgli in gola e tremava così tanto che riuscì a malapena ad arrivare al bagno degli ospiti prima di doversi svuotare lo stomaco. Non che ci fosse molto, perché non era riuscito a mangiare nulla prima di incontrare Roxie. Gli faceva male il corpo, gli faceva male il cuore. Gli faceva male tutto.

Non sapeva come comportarsi.

Dormiva da un amico, non aveva nemmeno una casa propria. La moglie era sola in quella grande casa, quella che avrebbero dovuto riempire insieme senza riuscirci.

Non avevano fatto altro che diventare distanti.

Carter sentì gli occhi bruciare e poi iniziò a piangere.

Tremava e cercava di riprendere il controllo.

Il suo matrimonio era finito definitivamente.

Non avrebbe avuto una seconda possibilità.

L'aveva persa quando aveva perso Roxie. L'aveva persa molto prima dell'esplosione, molto prima di saltare qualche serata dei giochi perché non erano riusciti a stare nella stessa stanza e parlare.

Carter doveva crescere e capire come diventare l'uomo che non era riuscito a essere per lei.

Vomitò di nuovo, poi si lavò i denti e si asciugò la faccia. Si tolse la camicia e ignorò la pelle nuova che tirava. Era guarito, solo che ogni tanto si sentiva indolenzito quando faceva freddo. Se teneva conto del fatto che viveva in Colorado, si sarebbe sentito indolenzito ancora per un po'. Si guardò il corpo, i muscoli che aveva sviluppato con il duro lavoro e il sudore della fronte. Faceva male. Ma non poteva farci niente.

Era un lavoratore fatto e finito, più dei Montgomery. Roxie era andata all'università, così come Thea e alcuni degli altri. Avevano seguito dei corsi di arte o qualcosa di perfetto per i loro obiettivi di vita. Carter era andato in una scuola professionale appena finite le superiori. Era già tanto se aveva preso il diploma, ma perché aveva dovuto fare due lavori. In un modo o nell'altro ce l'aveva fatta, ma non era stato facile. Ricordava a malapena di aver dormito, in quel periodo duro all'ultimo anno delle superiori, quando aveva perso i genitori. Un incidente frontale ed erano morti in un battito di ciglia.

Poi, era rimasto solo. Aveva appena compiuto diciotto anni, quindi non era diventato un problema dello Stato. Si era fatto in quattro, dormiva sul divano di qualche amico, più o meno come in quel momento.

Cavolo, era tornato al punto di partenza, anche se erano passati circa dodici anni. Da solo, senza famiglia, senza niente da poter chiamare proprio e dormiva su qualcosa di proprietà di un altro.

Cavolo.

Sospirò e poi si bendò le mani con le fasce che gli aveva dato Landon. Poi, scese nello scantinato dell'amico, che aveva messo su una mini palestra. Non era raffinata e sofisticata come se l'era immaginata Carter, ma c'era un tapis roulant, un sacco da boxe e dei pesi in un angolo. Non era molto, ma a Carter non serviva granché in quel momento. Aveva solo bisogno di prendere a pugni qualcosa.

E lo fece. Destra, sinistra, sinistra, destra. Un diretto, montante. Continuò fino a sudare e farsi sanguinare le nocche. Non si era nemmeno accorto che erano arrivati Ryan e Landon finché l'uno non si schiarì la gola e l'altro mise una mano sulla spalla di Carter.

Carter era esausto, ma non si girò a dare un pugno in faccia all'amico. Non gli importava abbastanza da fare nulla.

"Ti portiamo a ubriacarti." Le parole di Landon perforarono la nebbia e Carter alzò lo sguardo.

"Come?"

"Ci siamo presi la giornata libera, giuro che Landon non l'ha mai fatto in vita sua," cominciò Ryan. "Ci ubriacheremo e tu non penserai più nulla fino a domani."

"Forse è questo il problema. Forse non sto pensando abbastanza."

"Beh, non cominceremo stasera," disse Landon.

"Innanzitutto, dobbiamo sistemarti le mani.

Cazzo, amico, ti servono per lavorare. Perché non le hai fasciate meglio?" chiese Ryan, e Carter si limitò ad alzare le spalle, sapeva di essere uno stronzo ma non gli importava più di niente. Forse ci avrebbe pensato il giorno dopo. In quel momento, non gliene importava affatto.

"Lascia che ci occupiamo di te, amico. Domani... domani ci occuperemo del resto."

Carter cercò di non pensare alla tristezza nella voce di Landon o alla pietà in quella di Ryan. O al fatto che gli altri amici, Dimitri, Mace e Shep, non erano lì. Non ci sarebbero stati. Non sarebbero venuti. Perché erano dalla parte di Roxie.

E Carter non lo era più.

Non era un Montgomery, non lo era mai stato. Prima o poi, quando se ne sarebbe andato del tutto, nemmeno Landon e Ryan sarebbero rimasti con lui. Lo sapeva e avrebbe dovuto farci i conti.

Non aveva sudato abbastanza per tenersi la moglie. Era colpa sua e non gli era rimasto più nulla da dare, più nulla da tenere. Non poteva chiedere di più.

Non lo meritava.

CAPITOLO DIECI

Roxie si tolse lentamente il vestito e lo lasciò cadere a terra sopra le calze e le scarpe. Si tolse il reggiseno e le mutandine con movimenti legnosi, le facevano male le articolazioni mentre andava verso la vasca da bagno.

La vasca che Carter aveva comprato e che aveva aiutato a installare perché sapeva che a lei piaceva fare il bagno.

Quella che avevano pagato un po' di più, perché era più grande e potevano entrarci insieme.

Ma Roxie allontanò quei pensieri. Invece di restare dove non doveva, fece scivolare nella vasca una gamba alla volta prima di sprofondare fino alle spalle nell'acqua bollente. La pelle le si fece rosa, bruciava letteralmente per la temperatura troppo alta.

Ma non le importava. Non sentiva nulla.

Come faceva a sentire qualcosa se era intontita?

Non pianse, non ancora.

Ma quando prese la bottiglia di vino che aveva appoggiato sul pavimento e bevve il primo sorso, lasciò che la prima lacrima cadesse.

Poi la seconda.

Poi un fiume.

Roxie tremava nella vasca, l'acqua usciva dai bordi e finiva sui vestiti mentre si lasciava finalmente andare. Finalmente, si... *lasciava... andare.*

Quando non poté più piangere, quando la bottiglia era a terra, ancora piena perché non riusciva a berne un'altra goccia, tolse il tappo nell'acqua che si era fatta fredda.

Poi si alzò con le gambe tremanti e uscì dalla vasca.

Si asciugò e lasciò cadere l'asciugamano per coprire la pozzanghera sul pavimento, prima di andare rigida in camera da letto.

Lì, rimase nuda davanti allo specchio del comò a pensare al futuro.

Si chiese chi la fissava dallo specchio.

Perché non era Roxie Montgomery.

E non stava bene.

Poi lentamente, molto lentamente, si tolse la fede dal dito prima di metterla nella scatola sul comò.

Ignorò il segno bianco sull'anulare, ignorò il vuoto.

Almeno, per il momento.

Poi si guardò di nuovo allo specchio. Nuda. Svestita. Vuota.

Chi era quella Roxie Montgomery?

Doveva scoprirlo, perché doveva stare bene.

Doveva vivere il giorno successivo.

Doveva conoscere quella nuova Roxie.

Perché sarebbe dovuta stare bene.

Ma non si sentiva così.

Non c'era niente di *giusto* in quello che era successo.

Proprio nulla.

CAPITOLO UNDICI

Era passato un mese da quando Carter aveva firmato i documenti, anche se Roxie per un motivo o per l'altro non lo aveva ancora fatto. Era passato un mese da quando avevano cominciato il procedimento che avrebbe messo fine al loro matrimonio e Carter non era per niente pronto a quello che gli stavano chiedendo di fare gli operai.

"No."

Gli si avvicinò Tommy, uno dei primi ad aver cominciato a lavorare nel garage di Carter quando aveva aperto, e si pulì l'olio dalle mani. Carter conosceva Tommy dal primo posto in cui aveva lavorato. L'uomo più anziano aveva preso Carter sotto la propria ala prima che il più giovane lasciasse quell'officina e aprisse la propria, poi lo aveva seguito.

Carter aveva sempre apprezzato i consigli dell'altro e lavoravano bene insieme, nonostante le dinamiche di potere inverse.

Tuttavia, in quel momento Carter non voleva sentire una parola di quello che diceva l'uomo.

Ma, evidentemente, non avrebbe potuto procedere come voleva.

"Non voglio sentire niente," disse Carter, prima che Tommy potesse dire altro.

"È passato un mese."

"Non credi che sappia quanto tempo è passato? Lo so benissimo." Era passato solo un mese da quando avevano firmato i documenti, ma non era più legato a Roxie da molto più tempo. Cavolo, faceva male anche solo pensare al nome di lei. Ma Carter non poteva cambiare niente, non in quel momento. Non quando era andato via e lei anche.

"Dico solo che Stacia è una brava ragazza e qualche volta dovresti invitarla a uscire. Niente di serio. Niente promesse. Ma qualcosa che ti può rimettere in sella."

Carter scoccò un'occhiataccia all'amico. "Sul serio? Parli di *sella* qui? Dai, lavoriamo sulle auto. Potevo capire se avessi detto al volante, o almeno in pista, o qualsiasi altra metafora che poteva venirti in mente per dire che posso uscire con una persona che non conosco, quando sai benissimo che non voglio uscire con nessuno."

Solo all'idea di *uscire* gli si rivoltava lo stomaco. Diamine, non aveva avuto appuntamenti da quando aveva conosciuto Roxie e non erano proprio usciti insieme quando erano sposati. Erano stati troppo impegnati ad assicurarsi che le loro vite funzionassero, poi troppo impegnati a fingere. Era impossibile che uscisse con una donna che non conosceva quando non era per niente pronto. Ma dall'espressione di Tommy, immaginava che l'altro non avrebbe smesso presto di infastidirlo. Quindi Carter avrebbe dovuto sopportarlo finché non avesse accettato.

"Neanche per sogno," ripeté Carter. "Vai a lavorare su quella berlina. Ha bisogno di un cambio d'olio e un po' di lubrificante, la proprietaria giura di aver sentito qualcosa sferragliare anche se il marito dice di no. Il che significa che probabilmente qualcosa fa rumore, dato che l'auto è della moglie e la guida più di lui."

A Carter il marito non era piaciuto, ma non era in grado di giudicare. Gli era sembrato il tipo che calpestava la moglie e le diceva esattamente quello che succedeva invece di farla parlare. Per Carter non aveva senso. Ma d'altronde, lui non era riuscito a far funzionare il proprio matrimonio, come avrebbe potuto sapere quello che succedeva nei matrimoni degli altri?

"Ci darò un'occhiata, ma solo se accetti di uscire con Stacia. Non stasera, forse nemmeno tra un mese, ma prima o poi. Considera l'idea."

Carter socchiuse gli occhi. "Sul serio? Non ti metterai al lavoro come ti ho ordinato? Questa è insubordinazione."

"Ragazzo, non cominciare. Voglio solo quello che è meglio per te."

"Allora mettiti al lavoro e lasciami fare quello che devo."

"Se avessi fatto quello che dovevi, non saresti in questo casino," borbottò Tommy. Carter chiuse gli occhi e trattenne un lamento.

Nessuno degli operai gli rispondeva così. Lo rispettavano e lo ascoltavano. Carter era un meccanico bravissimo e sapeva quello che faceva sul lavoro. Ma evidentemente non aveva idea di come gestire la vita privata e nel matrimonio faceva schifo. E anche a fare la *scelta giusta*.

Forse Carter si meritava che Tommy avesse la sensazione di potergli parlare in quel modo. Forse era perché, sì, avevano una dinamica di potere giusta tra loro che era nella loro storia, ma Tommy era molto più grande di Carter ed era sposato con Shelly da quasi trent'anni. Trent'anni con la stessa donna e non aveva combinato casini come era successo a Carter in poco più di un anno.

Forse Tommy sapeva quello di cui parlava.

Forse era arrivato il momento di rimettersi in sella e cercare di capire come andare avanti.

Il solo pensiero gli fece rivoltare di nuovo lo stomaco, che gli si chiuse all'idea di uscire con una donna che non era Roxie. Ma il punto era proprio quello, non sarebbe mai più stata Roxie. Pensare di poter stare con lei non funzionava più. Erano nel mezzo delle procedure per il divorzio e Carter aveva già firmato i documenti. Roxie non gli apparteneva più. Sperare che tutto cambiasse, desiderare di superarlo e che tutto sarebbe andato bene, non avrebbe funzionato.

Forse, se fosse uscito con quella donna, quella Stacia, sarebbe riuscito a... non a superare Roxie, ma forse pensare a un futuro in cui non gli veniva da vomitare all'idea di essere solo.

Forse doveva solo andarsene da casa di Landon e dedicarsi a qualcos'altro oltre a lavorare, allenarsi nello scantinato o bere birra seduto da solo in camera a leggere un libro.

La vita di Carter faceva un po' schifo, la routine era così priva di qualcosa di appagante che temeva di diventare l'ombra dell'uomo che era stato.

Ma doveva pensarci ancora un po' su. Doveva pensarci, esaminare come poteva muoversi e capire se quella decisione era giusta. Era sempre stato un pensatore, sempre silenzioso. I genitori si erano chiesti spesso perché ci mettesse tanto a decidere, ma Carter doveva esaminare ogni possibile scenario per paura di finire in una situazione che non riusciva a inquadrare.

Non aveva previsto che i genitori non sarebbero sopravvissuti al suo ultimo anno di superiori. Non aveva previsto il fatto che sarebbe finito da solo e praticamente senza casa più volte nel corso della propria vita.

Non lo aveva previsto perché non si era *concesso* di vederlo.

Forse doveva gettarsi in qualcosa e vedere cosa ne fosse uscito. Perché, per quanti piani facesse, niente finiva come voleva lui. Niente finiva nel modo di cui aveva bisogno.

Carter sospirò e andò ad aiutare Tommy con la berlina.

Gli altri, che erano andati a pranzo, lavoravano dall'altra parte dell'officina, così nessuno avrebbe potuto origliare la conversazione tra loro due.

"Posso farcela da solo, lo sai. Credi che stia diventando vecchio e fragile?" Tommy gli fece quella domanda, ma rideva.

L'amico aveva cinquant'anni ma era lontano dalla pensione. Certo, fare il meccanico senza una laurea certe volte significava che la pensione arrivava più tardi. Anche se ultimamente, non era sempre così. Landon si lamentava che avrebbe avuto ottant'anni prima di poter andare tranquillamente in pensione, anche con i soldi che aveva messo da parte.

Sembrava che fosse un periodo orribile per tutti, non solo per Carter. Doveva ricordarselo. Sapere di non essere il solo a cui non piaceva la propria vita avrebbe dovuto farlo dormire meglio la notte, ma non era così.

"So che puoi farcela, vecchio. Ma lascia che mi finisca un po' di grasso sotto le unghie."

Tommy sbuffò. "Credo che ce lo abbiamo perennemente sotto le unghie. Sai che mia moglie una volta mi ha fatto fare la manicure?" Tommy rise dal naso e Carter sorrise. Sorrise, cavolo. Era passato troppo tempo dall'ultima volta.

"Davvero?"

"Sì. Ho accettato perché è mia moglie e la amo. Ma l'audacia... la *crudeltà*."

"Ti sei fatto mettere lo smalto rosa pallido o fucsia? O forse blu, così si abbinava ai tuoi occhioni."

Tommy mostrò a Carter il dito medio coperto di grasso prima di rimettersi al lavoro. "Avevo solo lo smalto trasparente. Mi ha protetto le mani da un bel po' di grasso per almeno due ore. Forse dovremmo farlo fare anche agli altri."

Quella volta, Carter rise di gusto. "Oh certo, posso dare uno scopo al regime lavorativo: ti alleni e ti fai fare le unghie."

"Ehi, almeno prova. Forse non lo farò mai più, ma era per il matrimonio di nostra figlia e avevo promesso che non avrei avuto l'aria di uno che si era appena tolto la tuta ed era uscito da sotto una macchina."

"Allora ha senso." Carter fece una pausa, poi si schiarì la gola. "Hai fatto anche la pedicure?"

"Non ti rispondo."

"Quindi l'hai fatta."

"Lasciatelo dire, non ho mai avuto i piedi così lisci. Come il sedere di un bambino. Non mi serviva, ma mia moglie voleva qualcuno che le facesse compagnia perché dovevamo andare al matrimonio della mia bambina. Shelly non è riuscita a partecipare a molte delle attività madre-figlia perché abbiamo sempre lavorato tanto. Per cui mi sono assicurato che facesse pedicure e manicure, e me le sono fatte fare anche io. Te lo dico onestamente, mia moglie non è mai stata così felice come quando è andata lì, bella come il sole. Anche mia figlia era felice di vedere che i genitori per una volta non avevano l'aria di due che lavorano sessanta ore alla settimana."

"Mi fa piacere. Da quanto tempo è sposata tua figlia?"

"Quasi otto anni. Un po' ridicolo, a pensarci. Credo che a questo punto, potrei essere tuo padre."

"Sì, se tu avessi cominciato un po' presto."

"No, hai l'età di mia figlia, Per cui sì, potrei essere tuo padre." Fece una pausa mentre lavoravano e Carter sapeva che Tommy stava pensando a cosa dire dopo. Tommy era un pensatore come Carter. Forse era per quello che andavano così d'accordo. E forse per lo stesso motivo, quando non erano in sintonia, si scontravano e poi facevano subito pace. Perché pensavano a tutti gli scenari possibili e cercavano di far funzionare quello migliore.

"Mi dispiace di averti pressato in quel modo. Voglio solo che tu sia felice. E so che non lo sei da un po'. Ma non capisco se dipende da Roxie o da altro. Ma sappi che se ne hai bisogno, sono qui per te. Stacia lavora in quel posto vicino a dove lavora mia moglie. Conosce bene Shelly. È carina, single e non ha figli. Sembra che sia molto solare e sorrida spesso. Non so se i sorrisi dopo un po' ti daranno fastidio ma ho pensato... perché non provare?"

"Forse lo farò." rispose Carter e si sentì la lingua

ricoperta di bile, ma la ignorò. Doveva fare un passo in una direzione. Anche se era quella sbagliata. Sapeva che Tommy non si sarebbe arreso e sapeva che forse aveva anche altre donne da presentargli. Sapeva che Landon e Ryan avrebbero voluto che fosse felice. Tutti gli amici erano degli impiccioni che giocavano a fare i Cupido.

E lui era uno stronzo perché se la prendeva.

"Tu dimmi quando e vi metto in contatto."

Carter e Tommy lavorarono ancora un po' insieme mentre il cervello di Carter era attraversato da pensieri e reazioni su tutto quello che poteva succedere.

"Perché non mi dai il suo numero e la chiamo io?"

Lo disse, e gli fece male. Gli faceva malissimo, ma Carter ignorò il dolore. Stava diventando bravo a ignorare i sentimenti.

"Mi assicurerò che sappia di doversi aspettare una telefonata. In questo modo non sarà all'improvviso."

"Forse è una buona idea."

Poi tornarono al lavoro e non dissero più nulla. Perché che altro c'era da dire? Carter sarebbe uscito con un'altra donna. Una che non era Roxie.

Doveva affrontare anche quello.

"Sei mai stato qui?" chiese Stacia, che aveva una voce bassa e dolce.

Carter cercò di non esserne infastidito.

Era uno stronzo, ma cercava di non esserlo.

"No, ma ne ho sentito parlare bene dai miei amici. Tu hai detto che ti piace la cucina italiana e ho pensato che la pasta fosse una buona idea."

Dopo aver lasciato l'officina con in mano il numero di Stacia, l'aveva chiamata la sera successiva perché non voleva rimandare troppo. Poi aveva vomitato e si era chiesto se quella sarebbe stata la sua reazione da quel momento in poi. Forse non gli faceva bene, ma niente lo faceva, di recente.

Appena lei aveva accettato l'invito e lui si era dato una ripulita, Carter aveva chiesto a Landon dove portare una donna. Perché gli unici posti che gli venivano in mente erano pieni di ricordi con Roxie. E non avrebbe fatto una mossa del genere. Non voleva essere in un locale in cui era andato con la moglie, no, la *ex moglie*. Non poteva farsi del male così. Avrebbe ricominciato da capo.

Il giorno dopo Carter avrebbe cercato un appartamento. Era arrivato il momento di crescere. Di andare avanti. Era arrivato il momento di capire che cavolo di pesci prendere.

"Adoro la pasta. Probabilmente anche la pasta adora me, anche se un po' troppo, ma mi sta bene." Stacia sorrise e mostrò i denti dritti e bianchi in un sorriso bellissimo. Aveva un rossetto rosso come il vestito che le si allargava sui fianchi. Le maniche diventavano a campana all'altezza dei gomiti ed era buono per l'inverno, dato che fuori faceva freddo. Aveva dei lunghi capelli scuri e ricci che le scendevano lungo la schiena e le spalle, gli occhi castani luminosi e la pelle chiara. Era bella da guardare, quello era certo. E Carter sapeva che non avrebbe funzionato. Sarebbe stata troppo dolce e lui troppo cattivo. Ma andava bene così. Stava tornando in sella, come aveva detto Tommy.

Carter lo avrebbe ucciso per avergli messo in testa quel modo di dire.

"Anche io sono un fan della pasta, ma poi devo allenarmi di più se la mangio."

Stacia sorrise. "Beh, sembra che ti alleni molto."

Arrossì quando lo disse e Carter cercò di non agitarsi sulla sedia. Di che si parlava durante un appuntamento? Lui e Roxie erano entrati subito in sintonia quando si erano conosciuti e poi erano usciti subito insieme e si erano divertiti. Aveva funzionato, finché poi aveva smesso.

Carter non sapeva come comportarsi con della gente nuova. Avrebbe combinato un casino e poi avrebbe dovuto dare delle spiegazioni a Tommy.

O forse Tommy gli doveva delle spiegazioni, dato che Carter sapeva di non essere pronto.

Ma in un modo o nell'altro fece conversazione senza parlare della famiglia. Non parlò di niente di importante e Stacia fece lo stesso. Non provava nulla per la donna che aveva davanti. Non c'era nessuna scintilla, nessuna chimica. E Carter si sentiva in colpa perché sapeva di sprecare il tempo della donna. Aveva evidentemente fatto un errore. Ne commetteva molti.

Lui e Stacia stavano finendo il dolce quando Carter alzò lo sguardo e vide un'altra coppia entrare. Due persone che riconobbe all'istante.

Non aveva detto a Landon dove avrebbe portato Stacia e non lo aveva visto quel giorno poiché avevano orari opposti.

Ma Landon era lì, con Kaylee che lo seguiva a ruota mentre si guardavano male, poi si voltarono verso di lui e le occhiatacce aumentarono.

Per lo meno, Kaylee gliene scoccò una. Landon sembrava solo rassegnato, ma Carter sapeva che non lo aveva fatto di proposito. Landon era lì con Kaylee, probabilmente stavano uscendo insieme anche se giuravano il contrario. Tutti avrebbero saputo che Carter era a cena fuori con un'altra donna.

Perché Landon avrebbe potuto saperlo, tenuto conto del fatto che Carter era lì perché era stato l'amico a suggerire il ristorante. Ma così lo sapeva anche Kaylee. E lo avrebbe saputo Roxie.

Carter stava commettendo un errore.

Aveva sbagliato fin dall'inizio. Non avrebbe dovuto essere lì. Gli mancava la moglie.

Gli mancava tantissimo e l'idea di essere uscito con un'altra donna gli faceva venire da vomitare.

Non dovresti essere qui. Non dovresti essere qui.

Avrebbe dovuto essere a casa a cercare di far funzionare la relazione. Avrebbe dovuto parlare con la moglie e compiere tutti i passi necessari per capire cosa ci fosse di sbagliato tra loro.

Non avrebbe dovuto scappare.

Non avrebbe dovuto comportarsi in quel modo.

Di sicuro non avrebbe dovuto essere a cena con un'altra donna. Una che sembrava carina ma di cui Carter non sapeva nulla e a cui non riusciva nemmeno a pensare senza avere la sensazione di tradire la moglie.

Non importava che avesse firmato i documenti. Non importava che fossero mesi che Carter non si sedeva con Roxie a parlare. Non importava che non la vedesse da un mese.

Era sbagliato.

Stacia sembrava aver notato che qualcosa era cambiato. Gli sorrise con dolcezza mentre dividevano il conto e smettevano di parlarsi. Erano arrivati ognuno con la propria auto, Carter aveva scelto così perché sapeva che lei sarebbe stata preoccupata per la propria sicurezza. Non gli era dispiaciuto e al momento ne era grato.

"Vedo che non sei pronto," disse Stacia. "Shelly mi aveva detto che eri sposato e credo che ami ancora tua moglie, Carter. Forse dovresti pensare a quello come trattare la faccenda. Perché sei un brav'uomo e meriti di essere felice. Ma non lo sarai con me."

Lui sospirò e si mise le mani nelle tasche dei pantaloni. "Mi dispiace, davvero. Non avrei dovuto accettare un appuntamento."

"Oh, lo so ma non sono triste, perché ho passato una bella serata con un brav'uomo. E so che se io ti dicessi di restare amici tu sorrideresti con dolcezza e molto educatamente diresti di sì, ma poi non mi parleresti più. Perché sono la donna con cui sei uscito mentre pensavi a tua moglie. E mi sta bene. Sono felice che sembra che tu abbia ricominciato a pensare. Adesso vattela a prendere, Carter. Smettila di scappare. Vattela a riprendere."

Carter non sapeva chi fosse quella Stacia e perché fosse capitata nella sua vita proprio in quel momento. Ma evidentemente, era proprio quello che gli serviva per togliere la testa dalla sabbia e agire come avrebbe dovuto da tempo. La salutò, non si chinò a toccarla, non la abbracciò nemmeno. In effetti, Carter si rese conto di non averla toccata per tutta la sera. Le aveva fatto un cenno, l'aveva salutata con la mano quando l'aveva vista, ma non le aveva nemmeno stretto la mano né l'aveva abbracciata quando si erano presentati. Non c'era stato nessun contatto. Solo perché Carter riusciva a pensare a una sola persona: la moglie, la donna con cui avrebbe dovuto stare.

Si mise in macchina.

Era arrivato il momento di parlare con Roxie.

Era arrivato il momento di riprendere in mano la situazione.

CAPITOLO DODICI

Roxie gemette nel sonno, il sogno era troppo bello per tenerla sveglia. Non importava che si fosse addormentata alle quattro del pomeriggio per un *pisolino*, non voleva svegliarsi da quel sogno.

Tenne gli occhi chiusi, sapeva di essere solo mezza addormentata. Avrebbe finto che non fosse solo un sogno. Perché finché fingeva non doveva pensare che stava sognando Carter.

Aveva le labbra morbide e i movimenti armoniosi. Roxie aveva sempre adorato il fatto che lui la stringesse a sé dopo che avevano fatto l'amore, che la accarezzasse con dolcezza per assicurarsi che fosse tutto a posto e che quello che avevano era proprio quello che volevano.

Ma la toccava sempre, soprattutto quando si erano appena messi insieme.

Proprio come in quel sogno, l'accarezzava, toccava ogni centimetro di lei fino a farla ansimare di desiderio e farle gemere il suo nome mentre veniva. Ma Carter non la lasciava venire, non subito. No, la faceva aspettare, implorare. Roxie sapeva che per lui era una tortura ancora maggiore. Perché l'uccello duro di Carter premeva contro la cerniera dei jeans, oppure era duro e bagnato sulla punta se erano nudi. Perché era così tra loro. Lui la voleva tanto quanto lei voleva lui.

Ma Carter non veniva e non lasciava venire lei. Nel sogno, le passava le mani sul seno, le stuzzicava i capezzoli. Roxie inspirò, inarcò la schiena sia nel letto che nel sogno. Si passò le mani sul seno nel mondo reale, mentre Carter faceva lo stesso nel sogno. Roxie gli si strusciò contro il ginocchio, sulla coscia, desiderava tutto di lui. Lo voleva dentro di lei. Carter le passò le labbra sul seno, poi sullo sterno e sullo stomaco. Le baciò i fianchi e poi spostò la testa fra le gambe di Roxie, le accarezzò il clitoride e le baciò le labbra. Le morse la pelle di seta della gamba e poi le infilò la lingua in profondità dentro di lei. Roxie sapeva che gli sarebbe subito venuta in faccia.

Ma lui continuò, le teneva i fianchi con un braccio e usava l'altra mano per stuzzicarle un capezzolo. O la usava per scoparla con le dita mentre continuava a leccarla.

Carter era bravissimo con la lingua. Le sfregava la barba in modo perfetto contro la pelle. Roxie avrebbe avuto un po' di irritazione e lui si sarebbe scusato, ma lei non sarebbe riuscita a trattenersi. Il solo pensiero le faceva venire voglia di venire di nuovo.

Fu così che si ritrovò sveglia, bramosa, con una mano nelle mutandine. Aveva avuto un altro orgasmo mentre pensava a Carter. Non avrebbe proprio dovuto pensare a lui. Sembrava sbagliato, *era* sbagliato. Non stavano più insieme e a Roxie sembrava che usare il ricordo di lui per provare piacere, anche nel sonno, fosse qualcosa di proibito. Forse, se la situazione fosse stata diversa, forse se avessero funzionato, Roxie sarebbe riuscita a venire pensando a lui senza pensieri. Ma non avrebbe dovuto. Dato che si era masturbata tutti i giorni quella settimana, si era resa conto di avere sempre in mente Carter. E stava perdendo la testa.

Resistette alla tentazione di leccarsi le dita e arrossì perché era un gesto che Carter faceva sempre. Roxie non aveva mai avuto bisogno di farlo da sola e alle volte si sentiva un po' bacchettona sul sesso, almeno prima di Carter.

Beh, credeva di essere bacchettona. Aveva fatto sesso con altri ragazzi e le era piaciuto, certe volte aveva preso lei l'iniziativa e di solito le piaceva. Poi aveva fatto sesso con Carter e si era resa conto di quello che avrebbe potuto avere.

Roxie e le sorelle parlavano continuamente di sesso, ma lei era stata un po' più riluttante quando si era trattato di Carter. All'inizio perché tra loro era personale e privato e poi perché non lo facevano più.

Roxie non aveva voluto dirlo alle sorelle, anche se aveva la sensazione che lo sapessero già. O per lo meno all'epoca. In quel momento sapevano di sicuro che non ne facevano perché Carter non viveva più con lei e aveva firmato i documenti per il divorzio.

Lei non li aveva ancora firmati, lo avrebbe fatto. Presto. Ma non aveva voluto firmarli subito dopo di lui. Forse perché aveva paura di stare da sola, anche se lo era già quindi non poteva usarla come scusa. Era più come se non volesse che fosse una reazione alle azioni di Carter. Entrambi si erano presi del tempo dopo che lei aveva ottenuto i documenti. Lui li aveva letti insieme a Landon e una fonte esterna che lei non conosceva, poi li aveva firmati. Roxie non doveva nemmeno più parlare con lui.

Faceva male solo a pensarci.

Ma sapeva che doveva firmare quei documenti. Doveva crescere e svolgere il proprio dovere. Dopo tutto, era stata lei a chiedere il divorzio. E la cognata Shea lo aveva sottolineato il giorno prima.

Roxie era stata un po' depressa e si comportava da stronza. Non era riuscita a farne a meno, ma sapeva che non avrebbe dovuto. Dopo tutto, era adulta. Si era sentita un po' abbattuta e aveva esaminato dei documenti in un bar. Non contenevano informazioni riservate quindi non si sentiva in colpa a controllarli in pubblico. Riguardavano la sua casa. Per controllarli, le serviva spazio, del tempo per sé. Poi era arrivata Shea, che voleva un caffè, ed era andata a salutarla.

Roxie adorava la cognata, davvero. Ma per qualche ragione, quando Shea le aveva chiesto come stava, Roxie era esplosa.

"Sto bene. Vorrei che la gente smettesse di chiedermelo," aveva detto con la voce più alta di quanto si aspettasse. Shea aveva socchiuso gli occhi e aveva messo giù il caffè.

"Ti vogliamo bene," le aveva risposto. "Te ne vogliamo molto. E siamo qui per te. Ma devi lasciare che ti aiutiamo."

"Non mi serve aiuto. Carter ha firmato i documenti. È finita." Roxie non aveva voluto dirlo, ma ormai non poteva rimangiarselo.

Shea si era chinata verso di lei e le aveva baciato i

capelli, con gli occhi pieni di lacrime. "Sei stata tu a chiedere il divorzio, Roxie. E ti voglio bene."

Non c'era stato molto altro da dire dopo, e Roxie sapeva di doversi dare una svegliata e rendersi conto che Shea voleva solo aiutarla. Perché nessuno sapeva come aiutarla, nemmeno lei stessa.

Ma era arrivato il sabato sera e Roxie stava perdendo la testa. Aveva fatto un pisolino e aveva fatto sesso con se stessa mentre pensava al quasi ufficiale ex marito.

Non sapeva perché... no, quella era una bugia. Sapeva esattamente perché faceva male.

Perché Carter avrebbe dovuto essere suo per sempre. E non lo era.

Roxie indossava un maglione lungo, ma si era tolta le calze. Evidentemente, il suo subconscio sapeva che si sarebbe masturbata nel sonno e le serviva l'accesso facile.

Ma fuori la temperatura era ancora bassa e Roxie aveva freddo, nonostante il riscaldamento acceso. Per cui si mise addosso una coperta e premette il bottone per accendere il caminetto. Era stata una nuova aggiunta che Carter aveva contribuito a installare. Quell'uomo sapeva fare tutto e Roxie lo aveva dato per scontato. Lei non sapeva dove mettere le mani quando si trattava di riparazioni. Avrebbe dovuto trovare un tuttofare, perché da sola non era capace nemmeno di sistemare il cassetto della cucina. Ci aveva provato, aveva cercato su YouTube e aveva quasi chiamato il fratello o il futuro cognato.

Ma non ci era riuscita da sola e ne era stata infastidita. Quando era stata davvero da sola? Lo era mai stata?

Era passata da casa propria, quella in cui era cresciuta con i genitori e la famiglia, al dormitorio dell'università e poi si era trasferita con dei coinquilini in un appartamento. Successivamente aveva comprato quella casa. Era rimasta l'unica inquilina per poco tempo prima di incontrare quello che credeva fosse l'amore della sua vita, infine Carter si era trasferito.

Ed era di nuovo sola.

Ma appena ci pensò, qualcuno bussò alla porta e la spaventò. Si versò il tè caldo sulle dita, quello che aveva comprato al negozio di Abby, e imprecò. Per fortuna non era bollente, visto che si era addormentata subito dopo averlo messo in infusione.

Agitò la mano e si asciugò le dita sulla coperta. Non aveva nemmeno un tovagliolo. Cavolo.

Roxie si alzò in fretta, gettò la coperta sullo schienale del divano e andò alla porta. Quando guardò dallo spioncino, deglutì rumorosamente e si chiese perché proprio in quel momento. Perché, quando Roxie poteva ancora sentire il proprio odore sulle dita, lui doveva essere lì?

Ma aprì la porta, alzò il mento e pregò di non crollare di nuovo.

"Ciao," disse lei con la voce dolce, con sentimento. Grazie al cielo. Temeva di aver perso la capacità di provare emozioni. Evidentemente, tutto quello che le serviva per ricordarsene era rivedere Carter.

Perché era lì?

Perché proprio quella sera?

E perché sembrava che fosse uscito?

Si era pettinato i capelli all'indietro e aveva regolato la barba. Indossava il piumino su una bella camicia immacolata e i pantaloni grigi. Non aveva la cravatta.

Sembrava che fosse uscito a cena con qualcuno.

E lei no.

Roxie sapeva benissimo di avere ancora sul viso i segni del cuscino su cui si era addormentata. Non si era nemmeno pettinata e sembrava che avesse dormito tutto il sabato.

Roxie stava facendo la bella vita... per lo meno a livello sarcastico.

Lui sembrava vivere davvero.

E faceva male.

"Posso entrare?"

Roxie fece automaticamente un passo indietro e gli

fece cenno di avanzare. Dopo tutto, era stata casa di Carter quasi quanto lo era stata sua.

"Hai dimenticato qualcosa?" Perché era stata quella la prima domanda che le era venuta in mente?

"Credo che tu possa anche dire così. Credo di averne dimenticate molte."

Roxie aggrottò la fronte e lo fissò. "Non capisco."

"Sembra che io non avessi capito molte cose."

"Ok. Che c'è che non va, Carter?"

"Tutto," le rispose e si passò la mano fra i capelli.

"Allora perché non cominci dall'inizio? Qualcuno sta male?"

"Non come credi tu, ma cavolo, non so come cominciare. Non so come dire quello che devo."

Roxie ruotò le spalle, spaventata. "Dillo e basta." Forse se avessero parlato in quel modo prima, non sarebbero in quella posizione, a sentirsi come due estranei. Ma quella era un'altra conversazione.

O forse era proprio la conversazione giusta.

"Sono uscito con una donna stasera."

Roxie non si era resa conto di aver fatto un altro passo indietro e poi un altro, fino a finire con la schiena contro la porta. Tremava. Sapeva che quel momento sarebbe arrivato. Stavano divorziando, non erano più Carter e Roxie. Doveva avere senso. Lui doveva uscire e trovare un'altra. Doveva uscire ed essere felice. Per quello Roxie lo stava lasciando andare, ma il fatto che lui fosse andato avanti davvero e che dopo si fosse presentato lì?

Oh cielo, Roxie non riusciva a respirare. Perché non ce la faceva?

Si mise una mano sul petto e cercò di rallentare il battito cardiaco. Sapeva di avere gli occhi sgranati e di essere pallida. Poteva sentire quello che le stava accadendo e lui era lì a fissarla. Carter le tese una mano come se volesse aiutarla, ma lei non riusciva a concentrarsi, non riusciva a respirare.

Perché non ce la faceva?

Era quello che volevano. E allora perché non aveva fiato?

"Oh," rispose Roxie, anche se non lo pronunciò ad alta voce. Aveva aperto la bocca per dire qualcosa, ma non ne era uscito nulla. Non usciva mai nulla come avrebbe dovuto.

Perché si era ammutolita? Perché non riusciva a dirgli che stava male? Perché era tanto difficile fargli capire che era tutto sbagliato?

Doveva spiegargli che voleva stare con lui. Che sarebbe andato tutto bene. Avrebbe dovuto dirlo molto prima. Avrebbe dovuto confessargli che stava male e che soffriva, che non aveva più idea di chi fosse lei stessa.

Avrebbe dovuto dirlo *prima* di dargli i documenti, prima che lui se ne fosse andato.

Ma Carter era davanti a lei e forse aveva anche addosso l'odore di un'altra donna.

Roxie aveva appena finito di sognare di fare sesso con lui, di starci insieme e lui era uscito con un'altra.

Roxie stava per vomitare.

Stava per sentirsi male.

Aveva pensato che il dolore si fosse esaurito. Che sarebbe dovuto finire.

Ma era tornato. Era tornato tutto.

Eccoci qui.

Roxie doveva dire qualcosa.

Ma non riusciva a rispondere.

"Non l'ho mai toccata, non l'ho nemmeno abbracciata per salutarla. Era un'amica di un amico con cui lavoro, un'amica della moglie di Tommy, anche se è un dettaglio irrilevante."

"Oh." Ecco, finalmente aveva pronunciato quella sillaba. Ma Carter che si aspettava che gli rispondesse? C'era qualcosa *da* dire? "Perché sei qui, Carter?"

"Perché ero a un cazzo di appuntamento e riuscivo solo a pensare a te. Perché sono uscito con lei, Roxie?"

Lei batté le palpebre. "Non posso rispondere per te."

"Beh, nemmeno io. A parte il fatto che volevo solo

provare di nuovo qualcosa e ora mi sembra di fare solo scelte e mosse sbagliate da troppo tempo. Com'è successo, Roxie? Com'è possibile che siamo qui e ci comportiamo da estranei? Sei mia moglie. Tecnicamente lo sei ancora e non riesco a dire quello che dovrei. Le parole non mi vengono nemmeno in mente quando ti guardo. Non me ne sarei dovuto andare, avrei dovuto lottare. So che adesso è tardi, ma non voglio che lo sia. Ero uscito con un'altra e non avrei dovuto. Lei non significa niente. E lei lo sa."

"Io..." Roxie si interruppe. Cercava di seguirlo. Carter era lì e pronunciava quelle parole? Perché non lo aveva detto prima? I documenti erano arrivati e loro si erano già allontanati l'uno dall'altra. Perché era di nuovo lì?

"Ti amo tantissimo, Roxie. O forse amo quello che avevamo. E so che è troppo tardi per ritornare a quel punto, ma spero che non lo sia per parlare, perché avremmo dovuto farlo prima. So che lo dicono tutti, ma non ci riuscivo. Non riuscivo ad affrontarti e riconoscere quello che avevamo perso, quello che potremmo non avere mai più. Non potevo. Non potevo perché ti amavo tantissimo e poi avevo paura di odiarmi e forse di odiare anche te. Perché non sapevo più chi eravamo, ma voglio provare. Voglio provare a capire che è successo. Avrei dovuto farlo prima ma non ci sono riuscito. E questo mi rende un codardo e un perdente. Mi manchi, Roxie. Mi manchi da morire."

Roxie sentì le lacrime scenderle sulle guance e si rese conto che era la prima volta da troppo tempo in cui piangeva davanti a Carter. Non aveva pianto quando lui era rimasto ferito. Non davanti a lui, per lo meno. Non aveva pianto quando se ne era andato, non in sua presenza. Aveva singhiozzato lacrime infinite per lui in privato, aveva pianto disperata per chi era diventata, ma quello le sembrava diverso.

Non poteva odiarlo per quello. E non poteva odiare se stessa.

"Non so che dire."

"Ed è questo il nostro problema. Non sappiamo mai che dire. Ed è una stronzata."

Roxie batté le palpebre. "Scusa?"

"È una stronzata per entrambi. Eravamo sposati, Roxie. Lo siamo ancora. Perché non ci diciamo quello che pensiamo e che sentiamo? Perché è così difficile?"

"Non so perché sia tanto complicato. Lo è sempre stato. Non ho più parole, non le ho mai avute. E tu te ne sei andato, Carter. Te ne sei andato senza guardarti indietro."

"Me ne sono andato perché era ciò che volevi. Perché sei stata tu a chiedere il divorzio."

"Te ne sei andato molto prima," rispose lei.

"Stavo solo seguendo il sentiero che avevi tracciato tu."

Roxie sussultò. "È una bugia."

Carter scosse la testa e si asciugò il viso con la mano. "Forse sì. Forse è solo quello che pensavo. E forse è per questo che dobbiamo parlare. Non dico che devo tornare a casa o che dobbiamo tornare a quello che avevamo, ma dobbiamo discuterne. Perché mi manchi da pazzi. Non so se mi ami ancora, ma io ti amo. Ti amo con tutto me stesso, Roxie. E voglio scoprire chi siamo adesso. Non voglio uscire con altre donne, non voglio vivere a casa di Landon, non voglio trovarmi un altro posto in cui stare. Voglio trovare il Carter che devo essere per la Roxie che sei ora. E per farlo, dobbiamo parlare. Dobbiamo... essere noi stessi."

Roxie sospirò. "Lascia che questa situazione sia come dev'essere, Roxie. Lascia che anche noi lo siamo. Proviamoci. Ti chiedo solo questo. Dammi una possibilità."

"Era difficile parlare prima e adesso lo è ancora di più. Sai quello che è successo. Sai cos'è successo prima."

"Lo so. E non ne abbiamo mai discusso. Questo è stato il nostro errore, uno dei tanti."

"Ma se fosse stata solo paura? E se avessimo ancora più paura dopo aver parlato?"

"Almeno ci avremo provato. So che soffri, so che

stiamo facendo un errore dopo l'altro. So che nessuno sa come trattarci. Non farmi andare via di nuovo. Proviamoci. Ti chiedo solo questo."

"Farà ancora più male parlare di tutto quello che abbiamo ignorato, parlare del perché, parlare di *come* sia cambiato tutto."

Carter fece un passo avanti e le prese il viso tra le mani. Roxie chiuse gli occhi e si disse di non appoggiarsi a lui. Le mancava da morire.

"Che succeda. Se fa male, allora deve essere così. Avrei dovuto dirtelo prima. Abbiamo sprecato troppo tempo."

"Potrebbe non funzionare. Potremmo renderci conto che c'era un motivo se non parlavamo, che c'era un motivo se siamo in questa situazione."

"Ma almeno lo sapremo. Non mandarmi via di nuovo."

"Non so che succede se resti."

"Non lo sa nessuno. Ma dobbiamo scoprirlo. Insieme."

Carter non la baciò, anche se avrebbe voluto, e Roxie ne fu felice. Perché non sapeva come avrebbe reagito. Il sesso non era un'opzione, non in quel momento. Dovevano capire chi erano insieme.

"Che vuoi dire esattamente? A che stai pensando?"

Carter sospirò e rilassò appena le spalle. Aveva però

ancora il viso e la mascella tesi. "Lascia che ti porti fuori. Una specie di primo appuntamento."

"Un primo appuntamento quando tecnicamente siamo ancora sposati?"

"È quello che ci serve. O per lo meno è quello che credo. Mi manchi."

"Va bene, posso uscire con te."

Roxie non disse che lui le mancava. Forse... forse Carter lo sapeva già.

"Cerchiamo di capire."

"Ci rifletteremo insieme. Come avremmo dovuto fare prima."

E poi Carter poggiò la fronte contro quella di Roxie, prima di emettere un sospiro tremante e uscire di casa.

Roxie non sapeva come comportarsi, ma poi lui le mandò un messaggio. Le aveva scritto per comunicarle luogo e orario per la settimana successiva.

Era sabato dopo tutto, e Carter sapeva che Roxie voleva andare a letto presto la domenica.

Lo sapeva perché conosceva parti di lei. Roxie non pensava che conoscesse tutto di lei perché uno dei motivi per cui si sentiva così era perché lei stessa non sapeva chi fosse. Nemmeno fare sci di fondo e cercare di capire da sola chi fosse avrebbero potuto aiutarla.

Roxie rispose al messaggio di Carter con un 'Ok'.

Ok.

Stava bene, anche se non era così.

Sarebbe uscita per un primo appuntamento col marito.

E pianse.

Di nuovo.

CAPITOLO TREDICI

Era normale essere imbarazzati al primo appuntamento. Era normale esserlo quando ci si preparava a una prima uscita. Prepararsi per il primo appuntamento con la propria ex moglie, però, era imbarazzantissimo.

Carter poggiò la fronte contro la parete accanto all'armadio che aveva preso in prestito e si chiese che cavolo indossare per uscire con la donna che amava ma con la quale non aveva più una relazione.

Sapeva che non avrebbe indossato gli stessi vestiti della settimana prima, quando era uscito con Stacia. Infatti, anche se non avrebbe dovuto perché i soldi non crescevano sugli alberi, aveva buttato via tutto quello che aveva indossato quella sera, tranne il giubbotto.

Non se ne sarebbe mai sbarazzato, di quello. Lo

aveva indossato quando aveva conosciuto Roxie e lo aveva portato la maggior parte delle volte in cui era uscito con lei. Non solo perché per lui era speciale, ma perché lo era per loro come coppia. E poi non ne aveva un altro, quindi non avrebbe potuto mettersi qualcosa di diverso durante l'incontro con Stacia.

Non voleva nemmeno ripensare al nome di quella donna. Era dolce e gentile. Uscire con lei aveva messo in moto una serie di azioni che Carter avrebbe dovuto compiere da tempo.

Nello specifico, andare dalla moglie e implorarla di parlare con lui. Supplicarla di dargli un'altra possibilità. E forse anche implorare se stesso di dare a *lei* un'altra possibilità.

Sempre se aveva senso.

Anche se Carter non ne trovava molto di recente. Ma ci provava, disperatamente.

Finalmente ci stava riuscendo.

"È tutto a posto?" chiese Landon con voce molto cauta.

Carter aprì gli occhi e si spostò dalla porta dell'armadio per potersi voltare verso l'amico. Landon era appoggiato allo stipite, con le braccia incrociate sul petto. Sembrava appena tornato dal lavoro anche se era sabato, ma Landon di recente sgobbava anche nel fine settimana. Certo, metteva i soldi da parte come tutti, ma si nascondeva dal fatto che provava qualcosa per Kaylee e quindi si seppelliva nel lavoro. Un po' come aveva fatto Carter.

"Non so cosa mettere."

Landon rise dal naso e fece un sorrisetto.

"Credi che sia divertente? Credi che mi piaccia essere nervoso perché esco con mia moglie? Non dovrei esserlo così tanto, ma lo sono più adesso che al nostro primissimo appuntamento. Infatti, credo che mi sudino le mani." Si sfregò i palmi sui pantaloni. "Già. Sudatissime. Che dovrei fare?"

Landon alzò le mani e continuò a sorridere. "Rido solo perché ho avuto esattamente la stessa conversazione, o quasi, con Ryan quando è uscito con Abby la prima volta."

Carter si tirò su. "Davvero?"

"Sì. Ryan era nervoso perché era il loro primo appuntamento. Non sembrava la prima volta che Abby uscisse dopo aver perso Max, ma era comunque un incontro importante perché per lei Ryan significava qualcosa di diverso. Come adesso sappiamo tutti. Lui era nervosissimo e aveva paura di rovinare tutto, si è cambiato quattro volte prima di trovare quello di cui aveva bisogno. I vestiti alla fine li ho scelti io, ma non ne parleremo."

"Insegnami. Scegli qualcosa."

"Me lo chiedi solo perché sono l'unico bisessuale che conosci?"

"Fottiti." Carter gli mostrò il dito medio nel caso non fosse stato chiaro. "E non sei l'unico bisessuale che conosco. Non sei nemmeno l'unico bisessuale in questa stanza, idiota."

"Touché. Ma sono quasi sicuro che tutti gli appartenenti al nostro piccolo gruppo di amici lo sia. Comincia ad avere senso."

"No, è un mondo nuovo in cui si è davvero in grado di parlare della propria sessualità e capirla. È chiaro. È permesso essere se stessi. Ma santo cielo, non so se ci riuscirò stasera, perché esco con mia moglie. Quindi, basta parlare di sessualità e di politica e torniamo al fatto che sto per uscire con Roxie e non so cosa cavolo sto facendo."

"Certo che parli tanto quando sei nervoso."

"Fottiti, di nuovo. Ma ti prego, per l'amor del cielo, aiutami a capire che cosa mettere."

"Beh, dove la porti? Spero non dove hai portato quell'altra."

"Mi sto stancando di dirtelo, ma nel caso non l'avessi capito, fottiti."

"Voglio solo aiutarti. Se continui a dirmi di fottermi, potrei farlo mentre tu te ne stai lì in jeans e canottiera a chiederti che cavolo fare. Ma certo ti prego, continua a dirmi di fottermi."

"Landon."

"Ok, lo so che non andrai dove hai portato Stacia e l'unico motivo per cui lo hai fatto è perché l' ho scelto io. E per la cronaca, non mi ero reso conto che saresti uscito quella sera stessa, altrimenti non ci sarei andato con Kaylee. Mi ha detto che non ne avrebbe parlato con Roxie se lei non avesse voluto, anche se so che non le piace mantenere i segreti."

"Non hai nulla di cui preoccuparti, non ho detto a Roxie che c'eravate anche tu e Kaylee, ma posso farlo stasera se vuoi. Comunque lei sa che sono uscito con un'altra donna. E sa che è stato un errore. Adesso stiamo cercando di ricominciare *senza ricominciare* perché a metterci nei guai sono stati la parte di cui continuiamo a non parlare, insieme agli altri problemi nella nostra relazione."

"Ok, buono a sapersi. E forse, nell'interesse di Kaylee *e* Roxie, dovresti dirle che eravamo lì."

"Beh, quando Roxie mi chiederà perché eri lì con una donna con cui non ti frequenti, che le devo dire?"

"Che eravamo lì come amici."

"Stronzate."

"Una relazione bizzarra alla volta, signor Marshall.

Concentriamoci su te e Roxie e poi possiamo pensare a che diamine ci sia tra me e Kaylee. Non che ci sia qualcosa tra noi. Faremo finta che non l'ho detto. E tu dovresti vestirti di nero stasera, magari quella bella camicia, ma non abbottonarla fino al collo. E poi i pantaloni grigio scuro con le scarpe nere, quelle senza lacci. Oh, e assicurati di avere l'orologio e di toglierti quanto più grasso possibile da sotto le unghie. Non che per Roxie sia un problema, se tieni conto del fatto che quando ti ha sposato sapeva che facevi il meccanico, ma comunque..."

"Mi sono già lavato le mani qualche volta." Carter gliele mostrò. "Visto? Sono pulite."

Landon lo guardò e lo ispezionò. "Accettabile. Assicurati che qualsiasi cosa succeda stasera tu sia aperto. Perché so che per lo più sei completamente riservato. Diamine, dovrei saperne di più su di te visto che viviamo insieme. Anche se non in modo permanente, no?"

Carter sospirò mentre si spogliava e indossava quello che gli aveva consigliato Landon. "Non vivrò qui per sempre. Se e quando, o forse solo se io e Roxie decideremo che non funzionerà, sto già pensando a dove trasferirmi. Deve essere un posto vicino all'officina ma anche in una zona in cui non mi imbatterò in qualche Montgomery. È più difficile di quanto sembra, perché sono in tutto lo Stato."

"So che vuoi dire. Ma puoi stare qui tutto il tempo che vuoi, non ti stavo cacciando. A meno che non sia per spedirti tra le braccia di tua moglie, allora potrei darti una spintarella."

"Hai un cuore grande, Landon. Kaylee sa quanto sei romantico?"

"Non cambiare argomento, Carter."

"O forse è l'argomento giusto, il *tuo* argomento."

"Non ne parleremo. Ci occuperemo di quello che dirai a tua moglie."

"Non ne ho idea. Non possiamo scavare in alcuni discorsi perché saremo in pubblico."

"E dove andrete?" chiese Landon.

"Un locale nuovo. Uno di quei ristoranti asiatici che piacciono a lei. Credo sia una fusione tra coreano e giapponese, per lo meno secondo il menù. Ha delle recensioni positive e ci sono passato davanti qualche volta. Le foto fanno venire l'acquolina in bocca."

"Ottimo. Non andare dove hai portato Stacia, dove credo che non riuscirò più ad andare nemmeno io."

"Mi dispiace, anche se è stata una tua idea."

"Touché," rispose Landon.

"Ma sul serio, un posto nuovo dove potete ricominciare insieme. Non andare troppo sul viale dei ricordi con posti in cui siete già stati mentre state effettivamente parlando. Usa le parole, Carter. Hai una gran voce, anche se alle volte straparli. Magari straparla e dille quello che provi."

"Le ho già spiegato un bel po' la settimana scorsa quando sono andato da lei e lo farò ancora, perché devo. La amo, Landon. E avrei dovuto lottare di più quando era importante."

"Lo è anche adesso. Ma non mandare tutto al diavolo."

"Non c'è consiglio migliore."

Carter lasciò che Landon lo ispezionasse ancora per assicurarsi che fosse tutto a posto. Si vestiva da solo da anni, da decenni, ma se l'amico voleva assicurarsi che sembrasse un uomo che usciva a cena con la moglie, tanto valeva concederglielo. In più, Carter era nervoso e aveva paura di dimenticarsi di tirare su la cerniera dei pantaloni o di indossare due scarpe diverse.

Raggiunse la casa in cui aveva vissuto e dove aveva dormito sotto lo stesso tetto con l'amore della sua vita, per andare a prendere Roxie. Diversamente da come aveva fatto con Stacia, Carter non l'avrebbe incontrata al ristorante. Le aveva chiesto se poteva andarla a prendere e temeva un rifiuto, ma Roxie aveva detto di sì.

Sarebbero andati a quello che probabilmente sarebbe stato un imbarazzantissimo primo appuntamento. Ma era un punto di partenza, significava provarci. Doveva contare qualcosa. Carter sperava solo che non contasse per tutto e niente allo stesso momento.

"Non rovinare tutto," si sussurrò mentre bussava alla porta.

Roxie la aprì e Carter quasi ingoiò la lingua. Indossava un bel vestito nero che le fasciava la vita, si allargava sui fianchi e le arrivava alle ginocchia sopra calze e stivali neri al ginocchio. Carter aveva intravisto le calze e aveva notato che avevano un ricamo che gli sarebbe piaciuto ispezionare. Ma forse non quella sera, forse non sarebbe stata la sera giusta. Non avrebbe dovuto pensarci, non in quel momento e forse mai. Non se voleva davvero una relazione concreta con la moglie.

Roxie si era acconciata i capelli in onde lunghe, ma in cima erano quasi tirati indietro in modo da dare più volume. Carter non sapeva come definire quell'acconciatura, sapeva solo che le incorniciava il viso e le faceva risaltare gli occhi.

Cavolo, quanto la amava.

Sperò che con tutto l'impegno che ci mettevano l'amore potesse bastare.

"Wow," dissero entrambi nello stesso momento e Carter le sorrise.

"Sei bellissima," disse lui, con la voce roca.

"Forse stavo per dire lo stesso di te, ma poi ho

pensato che 'bellissimo' non fosse la parola adatta. Credo tu mi abbia battuta sul tempo."

"Sono solo felice che tu venga con me. Ho prenotato per le sette da Ko. Dovremmo avere abbastanza tempo per arrivare lì e forse bere qualcosa al bar prima di accomodarci."

"Sembra fantastico. Ci sarei sempre voluta andare, ma non ho mai trovato il tempo."

Carter si fermò mentre raggiungevano il pick-up. "Allora sono felice che lo abbiamo trovato."

Sapeva di parlare di altro e non solo della cena. Si riferiva a tanto altro.

Le diede una mano a salire in macchina perché, anche se c'era il predellino, Roxie avrebbe dovuto comunque saltellare. Le mise le mani sui fianchi e la aiutò a salire, si bloccarono entrambi per un attimo e i loro sguardi si incrociarono.

Non la toccava così da secoli.

Tuttavia, allo stesso tempo, Carter non sapeva se ne aveva il diritto.

Un passo alla volta, si ricordò. Solo un passo alla volta.

Non parlarono di niente.

In macchina rimasero in silenzio, la conversazione tra loro era innaturale come se non sapessero di che parlare. In tutta onestà, Carter davvero non lo sapeva.

L'appuntamento stava andando bene, ma doveva migliorare presto.

Riuscirono ad andare subito al tavolo e si ritrovarono l'uno davanti all'altra a chiedersi di come andava il lavoro ma senza parlare di nulla. Era stato più facile parlare con Stacia la settimana prima, ma solo perché non era importante.

Tutto, tra lui e Roxie, era importante.

Mentre sorseggiavano i drink e aspettavano l'antipasto di sushi, Carter sospirò e si sporse in avanti. Doveva pur cominciare da qualche parte.

"Ti ricordi la prima volta che ci siamo incontrati?" le chiese e poggiò la mano su quella di lei, che non si allontanò.

Meno male.

Roxie batté le palpebre e lo guardò. "Sì. Una gomma a terra." Sulle labbra le si disegnò un leggero sorriso.

Carter sorrise a sua volta. "Hai chiamato in officina, la mia, ma non sapevo nemmeno che tu avessi il numero."

"L'ho vista passando di lì e una delle mie colleghe mi aveva detto che eravate stati bravissimi con la sua auto, così ho salvato il numero nel caso mi servisse. Alla fine mi è servito davvero."

"Devi avere avuto paura, con quella gomma a terra

in una strada secondaria con un limite di velocità piuttosto alto."

"Sì. Ma in qualche modo sono riuscita a girare la ruota come dovevo anche se non sapevo come si facesse e non saprei dirtelo nemmeno ora. Ma ce l'ho fatta, anche se la gomma a terra era al di là delle mie possibilità."

"So che vuoi dire. Spesso la gente si prende gioco di chi non riesce a fare qualcosa che loro definiscono *semplice*. Ma quando scoppia una gomma così, se non sai se il coprimozzo o il resto è intatto, devi chiedere aiuto."

"Non voglio mentire, non volevo mettermi in ginocchio con quel completo e pensarci io; e poi, non sono la persona più forte del mondo. Probabilmente non sarei riuscita a svitare i bulloni. Mio padre e mio fratello hanno cercato di insegnarmelo e io li ho ascoltati, probabilmente in un'emergenza ce la farei anche, ma mi serviva aiuto."

"Sono arrivato io e tu eri lì."

Si guardarono e Carter cercò di non pensare alla speranza. Cercò di non pensare ad altro oltre al presente. Perché parlavano più del solito. Doveva contare qualcosa. Forse se avessero potuto affrontare quei piccoli argomenti, potevano parlare anche di quelli più impegnativi. E ne avevano di cose da dirsi. Dovevano solo arrivarci.

"Beh, ero felice che mi aiutassi. Ed eri molto sexy, non voglio mentire."

Carter scosse la testa e si allontanò mentre il cameriere toglieva i piatti dell'antipasto e serviva la portata successiva. Lui aveva preso il *bulgogi*, il suo preferito. Lei altro sushi e un'insalata di alghe. Carter sapeva che se avessero fatto come sempre, lei gli avrebbe chiesto un po' di bulgogi e lui avrebbe preso un po' di quello zenzero e forse parte di un involtino. Ma non sapeva se quel giorno sarebbe successo.

Carter aveva sempre trovato strano il proprio amore per il sushi e i piatti internazionali. La sua era una tipica famiglia americana, più meridionale che mai. Certe volte gli tornava l'accento e tornava alle proprie radici, ma non era più la persona di un tempo. Gli piaceva sperimentare e per quello aveva avuto il coraggio di chiedere a Roxie di uscire quando si trovavano sul ciglio della strada. Forse lei era stata spaventata, ma aveva comunque detto di sì.

"Vuoi condividere come facevamo sempre? O non vuoi il sushi?"

Carter batté le palpebre e tornò alla realtà. "Mi farebbe piacere condividere, sai?"

"Lo so."

"Sono stata felice che tu quella sera mi abbia chiesto di uscire," disse lei dopo che si erano divisi i piatti ed ebbero cominciato a mangiare. "In un film horror o in un thriller, forse sul ciglio della strada insieme a me ci sarebbe stato un serial killer, ma ho rischiato con il bel ragazzo che sapeva usare il lubrificante."

Carter quasi si strozzò con il riso e scosse la testa. "Come usare il lubrificante?"

Roxie sorrise e lui si innamorò di nuovo di lei. Carter amava quel sorriso e gli era mancato. Non lo vedeva da troppo tempo e se ne faceva una colpa. Forse era un po' anche colpa di Roxie e di tutta la situazione. Ma quella sera non c'era spazio per la colpa. Quella sera era per ricominciare. Era un nuovo inizio, poi i due avrebbero potuto guardare indietro. Sperò solo che potessero guardare anche avanti.

"Certo che sai come usare il lubrificante. Sei un meccanico." Lo disse in modo così educato che chiunque la stesse ascoltando avrebbe pensato che parlava davvero solo di una chiave inglese. Ma era Roxie Montgomery-Marshall. Carter sapeva esattamente di cosa parlava.

Ed era bello sapere davvero quello che le passava per la testa. Almeno per il momento. Era passato troppo tempo.

Risero, anche se ci fu qualche momento imbarazzante quando cercarono di aggiornarsi delle rispettive famiglie, perché sapevano già tutto. Ne avevano già parlato durante il loro primo e secondo appuntamento quando si erano conosciuti.

Avevano bruciato le tappe. Si erano mossi così in fretta che la faccenda era sfuggita loro di mente e tutto era cambiato all'improvviso.

Lui si era innamorato di lei prima ancora di capire il significato di quei sentimenti che aveva nel cuore e nelle viscere. E, dato il modo in cui Roxie l'aveva raccontato, anche lei si era innamorata di lui allo stesso modo.

Ma quando era rimasta incinta, quando avevano creduto che sarebbero diventati genitori, avevano deciso di sposarsi.

E tutto era cambiato.

Erano in macchina e stavano tornando a casa di Roxie quando a Carter tornò in mente quella questione.

"Ci stai pensando, vero?"

Carter deglutì rumorosamente e si arrischiò a guardare la moglie prima della svolta successiva. "Certe volte ci penso più di quanto voglia ammettere."

"Anche io."

Diamine, non avevano mai parlato così tanto del

fatto che Roxie fosse incinta quando si erano sposati. Non dovevano nemmeno dire di *cosa* parlassero. Lo sapevano entrambi. E non ne avevano discusso di proposito perché faceva troppo male.

Anche in quel momento era doloroso. "Sono felice che siamo usciti stasera."

Carter parcheggiò nel vialetto e annuì. "Anche io."

Non ne avrebbero riparlato. Avrebbero accantonato l'argomento. Con un po' di fortuna, ci sarebbero tornati su. E a Carter andava bene così, perché non era pronto a discuterne, almeno non di quello che era successo.

Ma avrebbero dovuto. Dovevano superare quello che li bloccava e affrontarlo. Ma prima... prima dovevano compiere quegli altri passi, e un appuntamento, anche con dei momenti imbarazzanti, era già un passo avanti. E lo stavano facendo.

"Ti accompagno in casa, va bene?"

"Non credo che tu mi abbia mai lasciato raggiungere la porta da sola."

"Questo è vero."

Carter aiutò Roxie a scendere dal pick-up e le lasciò le mani sui fianchi. Sapeva che era un errore, ma Roxie gli mancava. Gli mancava sempre.

Quando lui l'accompagnò in casa e lei chiuse la

porta alle loro spalle, si guardarono. Era la fine dell'appuntamento, la fine di un inizio.

Se fosse stata un'altra donna, una situazione diversa, Carter si sarebbe chinato e le avrebbe sfiorato le labbra con le proprie.

Ma aveva paura di quello che sarebbe successo in quel caso.

"Mi sono divertita stasera," disse lei, con la voce roca.

"Anche io. Temevo di non farcela e avevo paura."

Roxie ridacchiò come lui. "So che vuoi dire. Avevo paura che non avremmo parlato e saremmo rimasti in silenzio. O che avremmo parlato così tanto che non sarei riuscita ad alzarmi."

"Abbiamo chiacchierato un po'. Ma credo che dovremmo discutere ancora."

"Non stasera. Spero che vada bene. È successo tutto insieme."

Carter annuì e poi si chinò a baciarle la guancia. Non era la prima volta che lo faceva, doveva solo sentire il sapore di lei, anche se era solo la guancia. Ma poi lei inclinò la testa e gli sfiorò le labbra con le proprie. Carter si bloccò, attraversato dal calore di quel contatto. Diamine, gli mancava.

"Mi sei mancata," le sussurrò.

"Mi sei mancato anche tu." A Carter sussultò il

cuore e gli rimbombò nella cassa toracica. Perché aveva avuto bisogno di sentirglielo dire. Aveva bisogno di tantissimo, da lei.

Era un passo. Erano tutti passi, anche se piccoli. Ma almeno finalmente, li stavano compiendo.

"Mi manca tutto quello che avevamo, ma non come è finita. Quindi non voglio arrivare di nuovo a quel punto." Carter annuì alle parole di Roxie e lei continuò. "Per questo non ti chiederò di salire in camera nostra."

Carter si bloccò, notò che Roxie aveva detto *nostra*. La *loro* camera da letto. Non solo quella *di lei*. Un altro passo.

"Non credo che dovremmo fare sesso alla prima uscita. Anche se al nostro vero primo appuntamento è successo."

Lui ricambiò il sorriso di lei, ma sapeva che non gli arrivava fino agli occhi, così come non arrivava a quelli di Roxie.

"Credo che dovremo fare qualche altro passo prima di essere pronti per quello. Il sesso non è mai stato un problema tra noi."

"Credimi, è l'unica cosa che abbiamo sempre fatto bene. Ma mi mancava questo, mi mancava uscire a cena e condividere il cibo. Mi mancava parlare di quando ci siamo conosciuti. Forse è l'inizio di qualcosa in più."

Carter scosse la testa. "Non *forse*. È così. Voglio portarti di nuovo fuori. Voglio passare del tempo insieme, voglio stare con te. Per te va bene? Possiamo uscire insieme? Così possiamo fare domande e capire chi siamo separatamente e insieme. Possiamo parlare, credo che ne abbiamo bisogno."

"Lo abbiamo detto più volte. So che dobbiamo discutere. È solo... che è già tanto."

Carter le asciugò una lacrima e la baciò di nuovo sulle labbra, facendo del proprio meglio per ignorare il calore al ventre.

"Ti mando un messaggio per vedere quando abbiamo tempo. So che è il periodo dell'anno in cui sei più impegnata, ma voglio portarti di nuovo fuori. Forse puoi portarmi a fare sci di fondo."

Il sorriso di Roxie le arrivò agli occhi. "Lo odieresti."

"Forse è vero. Non sono un grande fan della neve, ma se piace a te, proverei."

"Se vuoi, forse al quarto o quinto appuntamento."

Al diavolo. *Quello* era un passo.

Carter la baciò di nuovo, sapeva che poteva essere un momento passeggero. Perché non avevano affrontato i discorsi importanti. Vi avevano accennato, anche se il fatto che avevano pensato al bambino nello stesso momento doveva contare qualcosa.

E lei aveva accettato un appuntamento, ne aveva ipotizzato più di uno. Carter l'avrebbe presa sul serio. E mentre tornava al pick-up, non camminava a un metro da terra, ma aveva un chiodo fisso, uno che gli diceva che sarebbe andata bene. Perché doveva essere così.

Perché dovevano stare bene.

Carter sapeva solo che i momenti più difficili stavano per arrivare, quelli che li avrebbero spezzati. E se avessero compiuto quel passo, no, *quando* lo avrebbero fatto, sarebbe stato il fattore determinante di quello che sarebbe successo poi.

E Carter temeva che un primo appuntamento, anche se era stato buono, non sarebbe bastato. Dopo tutto, non era bastato nemmeno prima.

CAPITOLO QUATTORDICI

I secondi appuntamenti non erano solo diversi dai primi, i *secondi* secondi appuntamenti erano diversi da tutto.

Roxie era già uscita con il marito in passato. Era persino uscita con lui di recente. Era solo un secondo appuntamento. Un *secondo* secondo appuntamento.

E se continuava a ripeterselo forse si sarebbe stressata ancora di più.

Ma Carter stava per arrivare e sarebbero andati a pattinare sul ghiaccio. *A pattinare sul ghiaccio.* A lui piaceva, ma aveva imparato da adulto e non da bambino. Lei aveva imparato da piccola, quando si dimenava mentre il papà le teneva le mani per assicurarsi che non cadesse, eppure erano scivolati più di una volta e Roxie era sorpresa di non aver ferito il padre con le lame dei pattini.

Esisteva ancora un video in cui lei aveva l'aria trionfante proprio prima di precipitare, con le gambe che andavano in una direzione e le braccia in un'altra, mentre il padre cercava di tenerla in piedi per poi cadere insieme a lei. L'uomo non aveva bei ricordi di quando andavano a pattinare insieme, tanto che c'era andato solo due volte prima di arrendersi e incaricare Shep.

A Roxie non dispiaceva, non era per niente brava a pattinare sul ghiaccio.

Ma era migliorata, aveva imparato a non inclinare i pattini di lato e usare le gambe nel modo giusto.

Nonostante avesse degli sci di fondo, Roxie non possedeva un paio di pattini propri. Non li aveva nemmeno Carter, per cui avevano intenzione di affittarli alla pista, girare in cerchio con le altre coppie e i bambini e cercare di godersi la giornata.

Probabilmente per molti sarebbe stato uno strano secondo appuntamento, ma un tempo gli era piaciuto andare a pattinare. Ok, c'erano andati solo due o tre volte, ma li aveva fatti sentire bene. Erano caduti in più di un'occasione l'uno addosso all'altra, ma Roxie era più che sicura che Carter l'avesse tirata sopra di lui. Lo sapeva perché lei stessa si era assicurata di farlo con lui almeno un paio di volte.

Roxie sorrise a quel ricordo, al fatto che lui avesse finto di accigliarsi perché lei aveva osato tirarlo al proprio livello.

Non erano bravissimi a pattinare, ma non erano nemmeno i peggiori.

"Andrà tutto bene. Andrà tutto bene."

Doveva essere così.

Carter suonò il campanello e Roxie trattenne una smorfia. Desiderò che il marito potesse entrare direttamente, come aveva fatto tante altre volte, ma avevano messo dei paletti durante quella nuova fase di conoscenza.

Il fatto che durante l'appuntamento della settimana precedente avessero accennato al concetto che aveva iniziato a farli allontanare significava che stavano facendo dei passi avanti. A Roxie il bambino che non avevano mai avuto mancava più dell'aria, lei e Carter non ne avevano mai realmente parlato ma avrebbero dovuto farlo presto. Avrebbero anche dovuto discutere di tutto il resto, di tutto quello di cui si erano rifiutati di parlare perché era stato troppo difficile.

Ma Roxie era pronta. O almeno per quanto le era possibile. Andò alla porta e la aprì con un sorriso.

Carter era lì, bello come sempre, con dei jeans scuri

e una maglietta a maniche lunghe con i bottoni grigio scuro. Aveva il giubbotto aperto così Roxie poteva vedere il modo in cui la maglia gli aderiva al corpo.

Roxie adorava come gli stava quel tipo di maglia.

Lo adorava sul serio. Era un po' imbarazzante quanto le piacesse il modo in cui gli stava quella maglia. E ricordò di avergliela tolta per potergli saltare addosso più di una volta.

Ecco, si era messa a pensare a quanto le mancasse il sesso con il marito invece di tutto quello che li aspettava quella sera. Ma le mancava davvero.

"Sei pronta ad andare a pattinare sul ghiaccio, signorina Roxie?" Carter le fece quella domanda col sorriso, ma Roxie sapeva che esitava quanto lei.

Il primo appuntamento era partito con incertezza, anche se avevano cercato entrambi di non renderlo imbarazzante. Roxie pensava ancora che fosse un passo nella direzione giusta. Era stato un bell'appuntamento, anche se forse non tanto quanto i precedenti, quelli in cui non c'era stato niente di difficile ed era andato tutto liscio.

Ma d'altronde, forse in quel momento avevano bisogno di difficoltà. Forse quella volta dovevano sudarsela.

Perché non lo avevano fatto la prima volta e avevano fallito perché non si erano resi conto di quello come avrebbero dovuto muoversi quando la situazione si fosse complicata.

"Sono pronta. Anche se spero davvero che mi diano i pattini giusti questa volta. Ricordi quando ho pattinato con due pattini sinistri e non me ne sono accorta?"

Carter scosse la testa. "Beh, i pattini che hanno alla pista sono quasi tutti uguali, mi sorprende che ce ne siamo accorti."

"Continuavo a pattinare in cerchio, pensavo di essere io il problema."

"Beh..."

"Oh, stai zitto. Era anche colpa mia, ma non parliamone. Fingiamo che non cadrò più di una volta, stasera."

Carter abbassò lo sguardo e Roxie sapeva che probabilmente stava solo fingendo di non guardarle il sedere, ma aveva comunque inclinato la testa per poter sbirciare.

Roxie socchiuse gli occhi. "Non ho addosso imbottiture, assicuriamoci che non finisca col sedere per terra troppe volte."

A Carter si scurirono gli occhi. "Stai dicendo che non indossi la biancheria?"

Roxie arrossì e poi si chiese perché le succedesse quando il marito diceva frasi del genere. Certo, era passato molto tempo da quando avevano scherzato così. "Ho delle normali mutandine e non un tanga perché indosso i jeans e l'idea di finire sul ghiaccio freddo mi sembra orribile."

"Mi sorprende che non porti i leggings per avere più mobilità."

Stavano andando alla macchina e, quando Carter le mise le mani sui fianchi per aiutarla a salire, lei posò le proprie su quelle di lui e lo guardò. Roxie non si era resa conto di quanto potesse essere sensuale salire sul pick-up di Carter. Certo, aveva ignorato anche quello per troppo tempo.

"Mi serviva del calore extra perché so che cadrò. E non credo mi serva più mobilità per fare qualche piroetta. Per me sarà già abbastanza difficile restare in piedi."

"Beh, probabilmente cadrò insieme a te, quindi non ti preoccupare."

Le fece l'occhiolino e poi chiuse lo sportello prima di girare intorno al pick-up per entrare dall'altro lato.

Cadrò insieme a te.

Erano già caduti insieme in precedenza, in più di un senso. E in quel momento si parlavano. Forse non erano argomenti importanti, ma era sotto il primo strato. Il fatto che si chiedessero come andava, e che parlassero invece di dirsi che avrebbero fatto tardi al lavoro, era un passo nella direzione giusta. Si erano già parlati di più in quei due giorni di quanto avessero fatto nell'ultimo mese di matrimonio.

Ed era triste.

"Non te l'ho chiesto, ma puoi pattinare con le ustioni? Possiamo andare in un altro posto." Roxie gli mise una mano sul braccio e Carter guardò il punto in cui lei lo toccava prima di riportare gli occhi sulla strada.

"Sto bene. Ho anche chiesto al dottore se potevo, ma la pelle è guarita. Quando mi hanno portato in sala operatoria, temevano che fossero ustioni di terzo grado, ecco perché il personale era così preoccupato. Diamine, scommetto che i Montgomery erano in ansia per lo stesso motivo."

"È stato spaventoso. Credevo davvero che fosse la fine."

Lui le prese la mano e non la lasciò andare. Roxie intrecciò le dita a quelle di lui e strinse.

"Sto bene, Roxie. Anche Thea. Stiamo bene entrambi."

"Ne sono felice. Hai salvato la vita di mia sorella e non lo dimenticherò mai. Succeda quel che succeda."

Carter le strinse di nuovo la mano. "La pasticceria di Thea è di nuovo in attività, molto presto riuscirà ad ampliare e andrà tutto al meglio. Per quel che riguarda le mie cicatrici sulle braccia, le gambe e quella sul fianco... stanno bene. Posso lavorare normalmente, posso anche nuotare, anche se non voglio farlo subito perché qui fa un freddo cane. Pattinare sul ghiaccio non sarà un problema. Non è che mi metterò a fare le corse sui pattini o a giocare a hockey dove vado a sbattere addosso a qualcuno."

"Non saprei, ricordi come pattiniamo insieme? Potremmo caderci addosso più di una volta."

Lui le sorrise e Roxie ricambiò.

"Credo di riuscire a sopportare se mi cadi addosso," le disse e le fece l'occhiolino, Roxie alzò gli occhi al cielo.

"Siamo proprio bravi a infilare il sesso in ogni situazione, vero?"

"È un po' quello che facevamo spesso. Ma posso trattenermi. Forse."

Roxie rise dal naso, ma era sulla sua stessa lunghezza d'onda. Era proprio difficile non volere Carter. Era difficile stargli accanto in modo diverso, ma Roxie avrebbe tenuto caro quel momento, anche se non fossero riusciti a riconciliarsi. L'avrebbe ricordato con affetto.

Arrivarono alla pista e presero i pattini. Per fortuna, Roxie aveva un destro e un sinistro, così come Carter. Riuscirono a raggiungere il ghiaccio traballando dopo che Carter ebbe controllato che i pattini di Roxie fossero abbastanza stretti e che non li perdesse. Una volta era quasi successo, ma ormai controllare era un'abitudine.

Roxie mise un piede sul ghiaccio e rischiò di scivolare.

Incrociò lo sguardo di Carter e strinse gli occhi. "Non ridere."

"Oh, non riderò. Perché sai che cadrò subito anche io. Infatti, non tiriamocela. Mi riempirò di lividi ma ne varrà la pena. Pattinare sul ghiaccio ci piace. Anche se stiamo più allungati sul ghiaccio che in piedi."

Roxie sorrise mentre Carter metteva piede in pista, instabile quanto lei, e si prendevano per mano mentre percorrevano lo stesso cerchio degli altri. Qualcuno andava più veloce, si muoveva con grazia e agilità, come i padri che tenevano per mano le figlie piccole che indossavano dei caschi. Roxie desiderò di averne avuto uno da piccola, ma quasi trent'anni prima non erano obbligatori dispositivi di sicurezza.

Probabilmente a furia di cadere si era fatta saltare qualche rotella.

"Il mio povero papà."

Carter rise mentre seguivano la curva. "Ricordo che me lo hai raccontato. E poi ricordo che Shep mi ha detto che ha dovuto prendere il suo posto ed è finito con più lividi di quando aveva imparato lui stesso a pattinare."

"Mio fratello è un bullo. E sai che gli piaceva pattinare con me."

"Sì, probabilmente gli ha fatto capire come insegnarlo a Livvy."

"Santo cielo, l'idea della piccola Livvy o di Daisy con dei mini-pattini e forse un tutù... Oh, spero proprio che imparino presto."

"Sono sicuro che Mace, Adrienne, Shep e Shea le porteranno presto. Credo che Shep abbia detto che le bambine non volevano ancora imparare perché si divertivano troppo ad andare sullo slittino o roba del genere."

Parlavano come se fossero una famiglia, una normale coppia sposata che usciva normalmente. A Roxie piaceva perché di recente non era capitato. Era stato tutto troppo teso, al punto che ognuno li guardava e aspettava che facessero un passo. Era bello essere circondati da gente che non li conosceva, che non voleva assicurarsi che fosse tutto a posto e che girava in punta di piedi intorno a loro proprio come facevano loro stessi.

Era una bella giornata.

Roxie sapeva che la parte difficile sarebbe arrivata, ma quel giorno... era bello.

Caddero solo due volte e per Roxie fu una vittoria. Ovviamente in entrambi i casi la colpa era sua, ma né lei né Carter lo dissero.

"Giuro di avere più grazia sugli sci che sui pattini."

Carter rise mentre parcheggiava nel vialetto. "Oh sì, anche io."

"Ne sei proprio sicuro?"

Lui le mise la mano sulla spalla e le diede una spintarella. "Sei cattiva."

"Lo so, ma è comunque la verità."

"Sì, come ti pare. Non te l'ho chiesto, ma vuoi mangiare qualcosa? So che abbiamo fatto uno spuntino e preso una cioccolata calda alla pista di pattinaggio, ma non è una cena."

"Beh, grazie a mia sorella posso preparare un tagliere con una selezione di formaggi. Dovrebbero essere ancora buoni. Quindi, formaggio e cracker, magari un bicchiere di vino? Che ne dici?"

Roxie sentì le farfalle nello stomaco sottosopra mentre guardava Carter e aspettava una risposta. Lui le prese il viso tra le mani prima di sfiorarle le labbra con le proprie. "Mi piacerebbe molto. Sai che non riesco a resistere al formaggio."

"Credo sia la prima regola del nostro gruppo. Ti deve piacere il formaggio. Forse non al livello di Thea e Dimitri, ma..."

"Onestamente credo che a *nessuno* piaccia il formaggio quanto a quei due. È una malattia. Cioè, chi sceglie la propria squadra di football in base a quanto ama il formaggio?"

Roxie ridacchiò mentre entravano in casa e continuavano a ridere mentre preparavano il piatto di formaggi e aprivano una bottiglia di vino rosso. *Così è bello*, si disse Roxie. Era proprio quello di cui avevano bisogno.

La dolcezza prima che tutto cambiasse.

Non era stato così, la prima volta. Perché non avevano provato la durezza sotto il primo stato di benessere.

Non avevano avuto il passato in guerra con il presente.

Ma così era piacevole.

"Ok, credo che l'harvarti sia il mio preferito, ma questo gouda affumicato è fantastico."

Roxie si passò una mano sullo stomaco alle parole di Carter e si appoggiò a lui. Erano entrambi seduti sul pavimento, con il piatto di formaggio sul tavolino da caffè mentre finivano la cena e si scolavano la mezza bottiglia di vino che Roxie aveva sul bancone.

"Sono un po' innamorato di tutto quello che riguarda il formaggio, ma sono pieno. Non riesco a credere che quelli fossero solo gli avanzi che avevi in frigo."

"Scommetto che la prossima volta che viene Thea, avrò di nuovo il frigo pieno. Mi vizia."

"Credo dipenda dal fatto che sei la piccola di famiglia."

"Non mi dispiace per niente."

"Lo vedo." Carter giocò con i capelli della moglie e incrociò il suo sguardo. "Ricordi la prima volta?"

"La prima volta?"

"La nostra prima volta. Sì, era il nostro primo appuntamento, o forse il secondo. Perché mi è sempre piaciuto pensare che quando ti ho sistemato la ruota fosse il nostro primo appuntamento."

"Davvero? Quel momento stressante in cui ho cercato di non dare di matto per la gomma e tu eri in ginocchio ad aiutarmi a sistemarla? Quello era un appuntamento?"

"È stata la prima volta che ti ho visto. La prima volta in cui abbiamo parlato e mi hai dato il tuo numero. Mi piacerebbe pensare che sia stato il primo appuntamento."

"Forse potrei pensarlo anche io."

"Allora, al nostro secondo appuntamento, ti ho portata a cena, a vedere un film e poi ti ho portata qui, in questo salotto, e ci siamo seduti a parlare."

"E poi non abbiamo parlato più."

Roxie deglutì rumorosamente, con le mani sudate.

"Mi sei mancato, Carter."

"Mi sei mancata anche tu." Le passò le mani fra i capelli e con il pollice le disegnò una linea sulla guancia . "Non ricordo l'ultima volta che siamo stati insieme. È un male? Perché deve esserlo."

"Nemmeno io me lo ricordo." Era una bugia. Roxie lo ricordava e aveva la sensazione che lo ricordasse anche Carter. Era il quando che era nebuloso.

"Siamo stati così presi dal lavoro, così impegnati a fingere che andasse tutto bene quando non era così, che abbiamo smesso. Abbiamo smesso di stare insieme e poi abbiamo smesso di *essere* chi eravamo insieme."

Le parole di Carter la colpirono dritta al cuore, Roxie gli si appoggiò sulla spalla e inspirò il suo odore. Gli aveva messo le mani sul petto, sentiva la maglia calda sotto le dita. Quella maglia le piaceva.

"Avresti voluto avere un matrimonio più in grande?" le chiese Carter con la voce dolce.

Lei aprì la bocca per parlare, poi lo guardò. "No, non sono mai stata il tipo che pensava al vestito ampio e alle centinaia di persone che stanno a guardare. Ho sempre voluto essere insieme alla mia famiglia e all'uomo che amavo. Non ho mai desiderato le porcellane o niente di speciale. Volevo solo che succedesse."

Lui annuì e le prese di nuovo il viso tra le mani. "Ho sempre avuto paura che fossimo andati troppo in fretta, che non ti avessi dato quello che volevi."

Roxie scosse rapidamente la testa. "Ci siamo sposati velocemente perché lo volevamo. Sì, le circostanze ci hanno forse fatto pensare che stavamo correndo, ma eravamo decisi a ogni costo. E ho avuto la giornata che desideravo: avevo la mia famiglia, un vestito semplice e avevo te. Era tutto quello che mi serviva."

"Bene. Forse avrei dovuto chiedertelo prima. Ma avevo paura che ti fossi pentita di non aver festeggiato il matrimonio in grande stile che probabilmente avranno Thea e Adrienne."

"Non me ne sono mai pentita. Mi piacerebbe dire che te lo avrei detto nel caso, ma sappiamo entrambi che non eravamo molto bravi a parlare tra noi. Adesso siamo migliorati rispetto all'intero anno in cui siamo stati insieme, o almeno credo."

"Mi fa piacere."

"Anche a me."

"Avevi ragione," disse Carter sottovoce, "Volevo sposarti prima che sapessimo del bambino. Avevo con me l'anello, ero pronto. Sapere che eri incinta mi ha spinto a chiedertelo subito. Ma d'altronde mi ha anche

fatto chiedere che cosa io stessi aspettando esattamente, sai?"

A Roxie si scaldò il cuore e annuì. "Me lo hai detto
quando mi hai chiesto di sposarti. Hai detto che avevi
l'anello da settimane anche se stavamo insieme da
pochi mesi."

"Era la verità. Ci stavo già pensando, indipendentemente dalla velocità del nostro fidanzamento."

"È solo che non ci aspettavamo tutto quello che è
successo dopo."

Roxie non doveva aggiungere altro, non voleva.
Stavano già parlando abbastanza, per cui quando
Carter la baciò lei gli si appoggiò contro e approfondì il
bacio.

"Non voglio più parlare," gli sussurrò.

"E che vuoi fare?"

"Lo sai." Roxie gli morse la guancia e gli occhi di
Carter si fecero scuri.

Carter la prese per i capelli e tirò, non molto, ma
abbastanza da far male, e le piacque. Lui approfondì
ancora di più il bacio, lei gli mordicchiò le labbra e
aggrovigliò la lingua a quella di lui. Le mancava il suo
sapore, le mancavano quei baci.

Carter baciava bene. Era bravo con la lingua.

Era bravissimo in tutto ed era difficile tenersi in
pari con lui.

Ma Roxie allontanò quei pensieri perché non avevano niente a che fare con loro. Erano solo pensieri che si sarebbero intromessi in quello che stava accadendo in quel momento e che sarebbe potuto capitare in futuro.

Perché quello era diverso. Tutto ciò che era successo fino a quel momento era diverso. Erano aperti. Onesti.

Roxie lo desiderava. "Fai l'amore con me. Fai l'amore con me nello stesso posto in cui lo abbiamo fatto la prima volta. Su questo pavimento, in salotto, davanti al fuoco."

"Sì, voglio farlo da morire. Ma se lo facciamo potrebbe essere la fine. Non possiamo cambiare il modo in cui ci stavamo parlando. E so che mi fa sembrare una femminuccia, ma non me ne frega."

"Credevo che ti piacesse quella cosa che hanno le femminucce," disse lei, e gli fece l'occhiolino.

Carter rise con tanta forza da tremare contro di lei. "Mi piace quella che hai tu." Una pausa. "E mi manca."

"Dopo queste parole, perché non ci giochi?"

Carter rise e le chiuse la bocca con la propria. Subito si tolse la maglia e le sollevò la sua. Spostarono i bicchieri di vino, il tavolino e Carter mise la coperta sul pavimento, così Roxie ci si poté mettere sopra, sul morbido, poi lui le si posizionò tra le gambe. Si baciarono, lentamente e con calma.

Si conoscevano già, ma si dovevano conoscere di nuovo.

Lei doveva scoprire il dolore nel corpo di Carter, le nuove cicatrici sul braccio e il fianco. Roxie ingoiò un singhiozzo quando le toccò e lui si sollevò per permetterle di baciarle con dolcezza, cercava di farle guarire solo con la bocca.

Poi Carter incrociò lo sguardo della moglie e si baciarono di nuovo, con gesti dolci, delicati e vogliosi.

Si slacciarono i pantaloni a vicenda, poi Roxie fu sotto di lui con indosso solo il reggiseno e le mutandine, e lui solo con i boxer. Roxie poteva vedere la cicatrice sulla gamba di Carter e ci passò sopra il polpaccio, per dargli sollievo.

Carter aveva detto che non faceva più male, ma ci era caduto sopra alla pista di pattinaggio e Roxie sapeva che sarebbe rimasto il livido. Ma era uscito comunque, solo per lei.

O forse, per entrambi. Roxie non lo avrebbe dimenticato.

Le si strinse lo stomaco e si inarcò contro di lui, che le slacciava lentamente il reggiseno e la baciava tra i seni. Poi le mise la bocca prima su un capezzolo e poi sull'altro.

Roxie sussultò senza fiato mentre la succhiava. Le prese i seni tra le mani e li schiacciò per baciarli contemporaneamente.

Carter aveva sempre amato il seno di Roxie, così come il sedere. Li baciava, li toccava e palpava in continuazione. A Roxie era mancato da morire.

Si stavano conoscendo di nuovo, non solo le emozioni, i ricordi, ma anche i corpi.

Il sesso era una parte importante della loro relazione, ma non era mai stata l'unica. A un certo punto era stato quello su cui potevano contare quando non andava bene nient'altro.

Il fatto che stessero cercando di far funzionare il resto e poi fossero arrivati a quello significava tutto.

Ci sarebbero riusciti.

E poi Roxie non pensò più a nulla mentre Carter le faceva scivolare lentamente le mutandine lungo le gambe e le metteva la bocca fra le cosce.

Sussultò e gli mise una mano fra i capelli, mentre Carter gliela leccava. Lui usò le dita per giocare con il clitoride e poi con le labbra. Faceva esattamente quello che aveva fatto nel sogno di Roxie e lei non poté fare a meno di sussurrare il nome del marito mentre veniva e gli stringeva le gambe sulle spalle, mentre lui continuava a leccarla e le succhiava l'orgasmo.

Roxie non veniva così in fretta da anni. Evidentemente, aveva bisogno di lui. Aveva sempre bisogno di lui. E poi, Carter si mise sopra di lei e Roxie lo aiutò a togliersi i boxer.

Era duro e pronto, con la punta lucida. Roxie lo strinse e lui gemette. Lo guardò e gli passò il pollice sulla fessura sulla punta, per spalmare il liquido.

"Mi è mancato tutto questo," disse lei e lo strinse.

"Anche a me. Mi sei mancata tu. Non è la fine," promise Carter. "È solo l'inizio."

Forse quelle parole per qualcuno potevano sembrare sdolcinate, ma non per Roxie, non fra loro. Erano una coppia. Solo loro. Sì, il passato e il presente e persino il futuro era lì intorno, ma in quel momento non c'era nessun altro.

Dato che lei prendeva ancora la pillola ed erano ancora entrambi puliti, Carter scivolò dentro senza domande, dato che non servivano.

Roxie si fidava di lui, era sicura che non avesse toccato quell'altra donna mentre non erano insieme. E lui si fidava di lei, perché gli aveva detto che non era stata con nessuno.

La fiducia non era mai stata un problema tra loro. Il problema era che nessuno dei due si fidava di se stesso.

Era fidarsi del proprio valore per e con l'altro. A

ogni modo, Carter scivolò dentro di lei lentamente e con forza, e le fece male.

"Sei così stretta," sussurrò lui e gemette.

"Credo che sia perché tu sei enorme," gli sussurrò e lo strizzò.

Carter rimase sopra di lei, poi la baciò. "Mi dici sempre parole bellissime."

E poi cominciò. Roxie gli accarezzò la schiena, passò delicatamente sulle cicatrici mentre lui entrava e usciva. Gli strinse le gambe intorno alla vita e si inarcò contro di lui.

Si mossero come se fossero una sola entità, come se non si fossero mai divisi, ma erano stati lontani abbastanza a lungo da mancarsi fino a spezzarsi.

Roxie poteva sentire ogni movimento di Carter, ogni volta che respirava. Poi venne e lui la seguì, e la riempì di calore e bisogno.

Infine si strinsero, ancora uniti sul pavimento del salotto, nello stesso punto in cui avevano fatto l'amore la prima volta.

Nel posto in cui Roxie si era innamorata di lui.

Si tennero stretti, senza bisogno di parlare.

Perché le parole sarebbero arrivate e li avrebbero aiutati ad attraversare i momenti difficili.

Ma doveva esserci una luce alla fine del tunnel.

E quella... quella ne era una parte.

Roxie amava l'uomo che la stringeva e sapeva che lui amava lei.

Non solo per il sesso, non solo per quello che lei provava in quel momento, ma per tutto. Pensò che l'amore potesse essere abbastanza.

Forse Roxie poteva trovare quella speranza.

Forse la stava stringendo tra le braccia, dopo tutto.

CAPITOLO QUINDICI

Quasi un mese in cui Carter usciva con la moglie significava quasi un mese in cui imparavano qualcosa di nuovo l'uno dell'altra. E a Carter piaceva più di quanto credesse possibile.

Non avrebbe dovuto esserne sorpreso perché, prima che smettessero di parlare, prima che smettessero di essere chi dovevano essere l'uno per l'altra, si erano sempre divertiti insieme.

Erano sempre usciti e avevano usato il tempo libero dal lavoro per stare insieme.

Erano amici, lo erano sempre stati. E, in un modo o nell'altro, si erano persi. Ma Carter era felice che stessero trovando una soluzione. Insieme. Quella sera, però, quella sera si sarebbe divertito di nuovo. Sarebbe uscito con la donna che amava e sarebbero andati a cena, avrebbero visto un film, forse avrebbero fatto una passeggiata e magari qualcos'altro. Lui e Roxie erano andati a letto insieme solo due volte nelle settimane in cui avevano ricominciato a uscire. La prima non era stata molto romantica e non erano riusciti a parlare né a capire cosa significasse per loro.

Ma avevano parlato per il resto della serata, anche se lui non era rimasto a dormire.

Nessuno dei due era pronto per quel passo. Forse se lui non avesse ancora roba in casa, se non ci fosse il nome sul contratto o se non avesse vissuto lì, non sarebbe stato un problema. Ma anche se erano andati a letto insieme al secondo appuntamento, stavano ancora andando piano. Carter non era rimasto a dormire nemmeno la volta dopo. Quella era stata una scopata veloce contro la porta della camera da letto di Roxie e poi lui l'aveva presa contro il bordo del letto, l'aveva scopata finché non erano venuti urlando l'uno il nome dell'altra. Non aveva passato lì la notte, ma era rimasto abbastanza a lungo da fare di nuovo sesso, quella volta piano e con lui dietro che spingeva lentamente dentro di lei.

Erano andati piano fino a fare male, in modo sorprendentemente dolce.

Non c'era stato niente di imbarazzante.

Nessuno dei momenti in cui erano venuti insieme

da quando si frequentavano di nuovo era stato imbarazzante.

E Carter sapeva che non sarebbe sempre stato così. Il sesso imbarazzato certe volte era il migliore, nelle coppie vere e nella vita reale.

Ma per il momento erano di nuovo Roxie e Carter, anche se in modo diverso.

Si parlavano e cercavano di smettere di nascondere quello che provavano per paura di fare del male all'altro. No, non si erano sbarazzati del tutto dei fantasmi del passato, ma stavano trovando un modo per affrontarli.

E contava tantissimo.

Carter svoltò ancora una volta nel vialetto e guardò la casa in cui era vissuto. Gli sarebbe piaciuto ritornarci, essere più presente nella vita di Roxie al di là di un appuntamento a settimana, dei messaggi tutti i giorni o delle telefonate. Ma si stavano riavvicinando, quello lo sapeva.

C'era un argomento in particolare di cui però dovevano parlare, che dovevano assicurarsi di poter superare prima di poter andare avanti. E si stavano avvicinando sempre di più al poterne discutere, ma c'erano tante altre storie nella lista che sembrava che li costringessero a rimandare. Forse lo facevano per proteggersi o forse perché sapevano che si sarebbero persi il resto se avessero parlato prima di quello. Perché non erano solo le faccende grosse, c'erano anche quelle piccole. E Carter aveva dovuto imparare con la forza a non ignorare niente.

Carter saltò giù dal pick-up e si sfregò le mani. Faceva ancora troppo freddo, anche se era la fine di marzo ed era quasi primavera in Colorado. Anche se, conoscendo il paese, avrebbe nevicato fino a giugno con in mezzo dei giorni in cui c'erano trenta gradi. Non si passava mai gradualmente al bel tempo. Era sempre improvviso, intenso, o c'era un po' di neve a ricordare che l'inverno era dietro l'angolo.

Carter sperò che quella sera non facesse troppo freddo per una passeggiata.

Perché Roxie adorava passeggiare al parco e lui voleva assicurarsi che potessero ritornarci.

Quel giorno quando gli aprì la porta, Roxie rideva felice, con il vestito aderente nero che aveva indossato quando erano stati insieme che gli faceva sempre venire un'erezione. Carter quasi ringhiò. Roxie aveva le maniche lunghe e le calze, insieme agli stivali neri che gli piacevano tanto. Le fasciavano i polpacci e Carter sapeva che gli sarebbe piaciuto sfilarglieli.

Diamine, se si metteva a lagnarsi e diventava poetico per degli stivali, stava perdendo la testa.

"Che c'è di divertente?" le chiese mentre entrava in casa e le baciava le labbra.

"Ero al telefono con Shep e mi ha raccontato una storia su Livvy, della marmellata e del miele. Evidentemente tra loro c'è una battuta sulle mani appiccicose che non capisco, ma credo venga da un programma in tv."

Carter rise. "Ah sì, la conosco. Si riferisce al fatto che, indipendentemente da quello che fai, i bambini hanno sempre le mani appiccicose, anche se non c'è marmellata in casa. Non ce n'è e sembra sempre che ne abbiano le mani ricoperte. Dita appiccicose che ti toccano la faccia, i capelli. Marmellata ovunque."

"Beh, aveva marmellata nella barba e nei capelli e non è più un bambino."

"Non importa, finché non hanno diciott'anni e vanno a vivere da soli. Se c'è la volontà, ci sarà marmellata."

"Credo che chiederò alla mamma di ricamarglielo su un cuscino. Shep si divertirà tantissimo."

"Potresti provare a farlo tu."

"Ti ricordi quando cucivo? Quando lavoravo a maglia? Adrienne per lo meno è bravina. Io non sono brava con l'arte. Me ne sono accorta."

Carter scosse la testa, aiutò Roxie a salire sul pick-up e la baciò nel mentre. Chiuse lo sportello e raggiunse il lato guida, così potevano finire la conversazione senza che lui perdesse il filo.

"Devi smetterla di dire che non sei capace. Sei bravissima."

"Lo dici solo perché vuoi togliermi il vestito."

"Beh, certo che voglio toglierlo. Ma se ti dico che sei bravissima non ha niente a che fare con quello."

"Certo."

"No, sei bravissima. E sai di esserlo. Perché so che lo sai."

"Adesso mi confondi."

"Forse, ma è perché non uso le parole giuste. Sei maledettamente intelligente, Roxie. E talentuosa. Solo perché non dipingi come le tue sorelle, non sai lavorare a maglia o non ha un lavoro manuale come loro non significa che tu non abbia talento. I tuoi talenti sono altri. Hai sempre parlato male di te stessa al riguardo. Non mi è mai piaciuto, ma non ho mai saputo come dirti che credo in te. Credo che i quadri che porti a casa da Pennelli&Bicchieri siano bellissimi. Se me lo permettessi, li appenderei. Perché li hai fatti tu. Li hai creati tu. Io non ci riesco, e ci ho provato. E non lo dico per farti sentire meglio o per sentirmi meglio *io* perché non sono capace. Non sono in grado. E solo perché le tue sorelle riescono a fare alcune attività in modo diverso, non significa che tu valga di meno."

Carter non aveva bisogno di dirlo, ma quelle parole gli erano uscite di bocca. Avrebbe dovuto pronunciarle molto prima, perché il fatto che Roxie si sentisse inadeguata come artista non era una novità. Era rimasto sotto la superficie da prima ancora di conoscerla.

E anche se lui aveva provato a dire le parole giuste, non gli erano mai uscite bene.

Quando Roxie si asciugò una lacrima, Carter ebbe paura di aver sbagliato di nuovo.

"Mi dispiace. Non avrei dovuto dirlo."

"No, dovevi. È solo... solo..." Roxie inspirò. "Dovevi dirlo. Sono felice che tu lo abbia fatto."

Carter svoltò nel parcheggio del cinema e sperò di non essere stato un idiota. "Mi dispiace, Roxie."

"No, non dispiacerti. So di avere questa stupida fissa in testa per cui penso di dover fare a gara con le mie sorelle e la mia famiglia in campo artistico. E lo faccio perché loro sono fantastici e pieni di talento e alle volte mi chiedo perché non ho quel gene."

"Ma non sei male."

"Grazie."

Lui le fece l'occhiolino.

"Sai che intendo."

"Lo so. E so di non essere male. So che mi ci vuole più tempo e devo pensarci in maniera diversa. Mi impegno tanto e certe volte faccio cose stupide. E poi mi tratto male."

"E va bene così. Cioè, non va bene che hai pensieri negativi su di te, non intendevo questo."

"Lo so," disse lei con una risata.

"È più il fatto che va bene che non fai tutto come la tua famiglia. Sai che loro non sono capaci quanto te con i numeri. E sai che a loro non piace lo sci di fondo quanto piace a te. Tranne a Liam. Lo devo conoscere."

Quella volta, Roxie alzò gli occhi al cielo. "Sai che è mio cugino, vero?"

"Non lo sapevo quando le ragazze hanno detto che facevi sci di fondo con lui. Ci hanno messo un po' troppo a spiegarmi che sì, è tuo cugino di Boulder. Ero gelosissimo."

Roxie gli scoccò un'occhiata mentre entravano in sala. "Geloso? Sei tu che sei uscito con un'altra."

"Santo cielo. Mi dispiace da morire."

Andarono al primo spettacolo perché a nessuno dei due piaceva andare al cinema in una sala piena e dopo volevano andare a cena. Per quello, non c'era nessuno che potesse sentirli. Grazie al cielo.

"No, non avrei dovuto tirare di nuovo fuori l'argomento, perché non mi dà fastidio. So che dovrebbe, ma alla fine ti ha fatto tornare da me. Ti ha portato da me per dirmi quello che dovevi e finalmente mi ha fatto dire quello che *io* dovevo dire. Per cui non posso essere troppo arrabbiata per quelle parole. Non posso essere arrabbiata per quell'appuntamento. So che dovrei e so anche che qualcuno con cui lavori conosce ancora questa donna e potremmo incontrarla al supermercato. Ma prometto che non le strapperò la faccia con le unghie. Perché ti sei seduto a cena con lei e non l'hai toccata, e questo ti ha fatto tornare da me e ti ha fatto aprire il cuore così potevi parlarmi di nuovo, così che *io* potessi parlarti di nuovo. Mi sta bene, anche se potrei ringhiare un po' e accennarlo solo per scherzare. Puoi tranquillamente nominare il misterioso Liam, se vuoi."

Carter alzò gli occhi al cielo e le baciò i capelli, sollevato dal sapere che per lei era così. Sapeva che Roxie aveva parlato con Kaylee del fatto che lei lo aveva visto con Stacia, e a loro stava bene. Carter aveva paura che se Kaylee non avesse voluto dire nulla si sarebbe creata problemi al rapporto con l'amica, ma alla fine l'onestà era la miglior politica.

Carter non aveva mai mentito alla moglie, semplicemente non le aveva parlato come avrebbe dovuto.

E sarebbe migliorato al riguardo.

Cavolo.

Si sedettero per il film con una confezione piccola di popcorn e una bibita da condividere. A nessuno dei due piacevano tanto, ma non si poteva andare al cinema senza.

Si coccolarono e guardarono il film in silenzio, anche se non c'era molta gente in sala con loro. In effetti, a volerlo, avrebbero potuto pomiciare come ragazzini, ma erano adulti. Avevano degli standard, dopo tutto. Almeno un po'.

"Sai, qualsiasi film in cui c'è Chris Hemsworth con la barba mi rende felice."

"Intendi la parte in cui Chris Hemsworth non ha la maglietta, vero?" le chiese Carter mentre finivano di mangiare in uno dei loro ristoranti preferiti.

"Beh, questo è vero, ma il film era bellissimo, anche se non l'ho proprio capito."

Era uno dei primi film che Carter aveva visto di recente che non era proprio sui supereroi. Di solito ultimamente al cinema guardava solo film sui supereroi, ma stava diventando un vecchietto e non gli piaceva trattenere la vescica a meno che non si trattasse di quel genere di film.

Roxie aveva sempre detto che non avrebbe trattenuto la vescica se non si trattava di uno dei Chris più famosi.

Carter stranamente non era geloso, perché loro erano sexy. Non ne faceva una colpa alla moglie.

"Allora signor Marshall, quali sono i tuoi piani per

il resto della serata?" chiese Roxie mentre camminavano mano nella mano verso il parco. "Perché devo dirtelo, stai toccando tutti i punti romantici."

Carter la strinse a sé e la baciò. "Mi piace che lo pensi. Mi dà l'impressione di fare la scelta giusta."

"Sei sempre stato piuttosto bravo in questo. Mi piace questo lato di te, quello che sorride e si rilassa."

Lui la tenne ancora per mano e continuò a camminare, felice del fatto che non ci fosse molta gente dato che faceva ancora freddo. Ma loro erano coperti e lui sperava che non si ammalassero.

"Quando ci siamo allontanati, ero concentrato sul lavoro e a tenere aperta l'officina, mi sembrava di fallire, sai?"

"Anche io lavoravo sodo tutto il giorno. È difficile quando si è giovani e non si sta più lottando, ma si combatte per il passo successivo. Perché potevamo pagare il mutuo e le bollette non erano un problema. Era il livello successivo per cui stavamo lottando e, nel farlo, abbiamo ignorato il resto."

"Era più facile gettarci nel lavoro che in quello che importava davvero."

"Il nostro lavoro è importante. Non possiamo metterlo da parte."

"Non lo stiamo trascurando. So che tu hai le dichiarazioni dei redditi, ma il fatto che riesci a prenderti qualche ora a settimana da passare con me... mi rende felice."

"L'anno scorso stavo impazzendo per più di un motivo, ma è stato stupido da parte mia passare il periodo delle dichiarazioni dei redditi senza riuscire a rilassarmi. Poi mi è venuto quel terribile raffreddore."

"Me lo ricordo. Non volevi nemmeno che ti portassi il brodo di pollo con gli spaghetti."

"È perché mi piace con le stelline."

"Lo so, ne ho comprato dell'altro proprio per questo."

"E io ero così impegnata ad assicurarmi di poter sbrigare tutto da sola che non ho lasciato che me lo preparassi."

"Quindi se stasera ti ammali mentre facciamo questa passeggiata, lascerai che ti imbocchi con il brodo e le stelline?"

"Penso di sì. Ma restiamo vicini così non prendiamo il raffreddore."

"Mi sta bene." Continuarono a camminare ancora un po', a parlare del tempo e della famiglia di Roxie. Carter parlava di Landon e del fatto che lui e Kaylee non uscivano ancora ufficialmente insieme. Roxie rise, lui le baciò la punta del naso e si accorse che era freddo. Sarebbero dovuti rientrare presto, ma non voleva finire la serata.

"Per tornare a parlare di lavoro: ci sono altri motivi per cui mi sono costretto a sgobbare così tanto." Non lo disse a voce troppo alta perché c'erano altre coppie che passeggiavano sul sentiero, ma lei si fermò e lo strinse a sé per concentrarsi su di lui.

"Perché, Carter? Dimmelo."

"È una sciocchezza."

"Non lo è se ti ha fatto sentire così. Dimmelo."

"Penserai che sia uno sciocco." Carter si passò una mano sul cappello, aveva dimenticato di averlo e che non poteva passarsela fra i capelli. Poi le rivolse un sorriso infastidito prima di ricominciare. "Ti ho detto che sei bravissima, ed è vero. Lo è tutta la tua famiglia. Siete andati in scuole speciali o all'università o avete persino dei master. Siete maledettamente bravi. Certe volte dimentico di essere il meccanico, quello che viene da fuori. Sono quello che non è molto intelligente, inferiore."

"Carter."

"So che è un pensiero stupido. So che ho un'attività. E so che la tua famiglia è piena di tatuatori e lavoratori edili. Siete pasticcieri e lavorate con le mani. Siete artisti. Ma tu fai la ragioniera, sei bravissima e stai così... avanti. Certe volte mi sento un po' stupido ma non è colpa tua."

"Spero di no. Spero di non aver mai fatto niente che ti abbia fatto sentire stupido."

"No, è solo colpa mia. E so che non dovrei sentirmi così ma certe volte non riesco a farne a meno."

"Come ogni tanto io non riesco a evitare i paragoni con le mie sorelle e la loro arte?"

"Più o meno. E so che siamo fatti per paragonarci agli altri e pensare di essere inadeguati anche se non è così. Ma certe volte mi sembrava di dover lottare per tenere il passo e assicurarmi che la mia attività restasse a galla, per non essere io quello che ti faceva affondare."

"Carter, è ridicolo. Forse non dovrei usare questa parola perché, se lo senti, non è realmente ridicolo, è qualcosa che ha radici profonde. E hai detto che non ti ho mai fatto sentire così, non proprio, ma darò il mio meglio per assicurarmi di non farlo per sbaglio. Ok? Non voglio che tu abbia la sensazione di doverti paragonare a me o che vali meno di me. Dovremmo sorreggerci a vicenda e forse io non l'ho fatto abbastanza per te. Ricordo che hai cercato di farmi sentire meglio riguardo alla mia arte. Ricordo, all'inizio, quando parlavamo ancora, che mettevi sempre me per prima. Me lo ricordo, ma non credo di aver mai fatto abbastanza per te. Ed è una mia mancanza. È qualcosa che devo cambiare e che cambierò. Questa è la nostra seconda possibilità, Carter. E non voglio combinare un casino. Non voglio commettere di nuovo gli stessi errori perché abbiamo paura. Allora, Carter Marshall, credo tu sia fantastico. Tremendamente fantastico. E ti amo. Non voglio perderti di nuovo."

Carter batté le palpebre e si assicurò di aver sentito bene. Lui l'amava tantissimo e aveva paura, o almeno l'aveva avuta, che per lei non fosse lo stesso. Aveva paura che quel secondo tentativo tra loro non finisse come doveva, che lei non lo avrebbe ritenuto abbastanza o avrebbe pensato che fosse più facile se non stavano insieme.

"Lo faremo funzionare, Roxie. Tutti e due. Lo faremo funzionare."

"Lo so. Non perché dobbiamo, non solo. Ma perché vogliamo. Non voglio rifare gli stessi errori."

"Allora non caschiamoci. Lavoriamo su questo." Continuarono a camminare e raggiunsero il pick-up e poi la casa.

Quando fecero l'amore a letto quella sera, Roxie era sopra di lui, con le mani di Carter sul seno, e gettò la testa all'indietro mentre muoveva i fianchi. Carter spingeva dentro di lei, doleva, la voleva.

Dopo che vennero insieme, si tennero stretti per tutto il tempo. Carter passò la notte con lei, rimase fino al mattino a tenere stretta la moglie.

Era un altro passo.

Ce l'avrebbero fatta.

No, non avevano ancora finito.

Ma c'erano quasi.

Erano innamorati. L'amore poteva bastare.

C'era speranza.

CAPITOLO SEDICI

Roxie aveva sempre amato le cene a casa Montgomery finché non era arrivata al punto di odiarle. In quel momento era nervosa e in ansia perché rivedeva la famiglia dopo averla ignorata a lungo. Sì, qualche volta aveva cenato con le sorelle e aveva anche parlato al telefono con i familiari, ma fino a quel giorno aveva saltato tutte le cene e le serate dei giochi.

Nella maggior parte dei casi era per colpa del lavoro e Roxie preferiva usare il proprio tempo libero per occuparsi di se stessa, per sciare, dormire; negli altri casi era stata con Carter.

Ed eccola lì, pronta alla prima cena Montgomery dopo tanto tempo. E avrebbe portato Carter con sé. Sperava davvero che non fosse imbarazzante quanto temeva.

Perché la famiglia di Roxie gli voleva bene, davvero. Ma non avevano saputo come comportarsi con lui negli ultimi mesi. Ed era colpa di lei e Carter, che stavano ancora lavorando su chi erano in quella nuova relazione, e gli altri avevano loro dato spazio.

Roxie ne era rimasta onestamente sorpresa, se teneva conto che non era un comportamento usuale da parte della famiglia. A loro piaceva cercare di prendersi cura di lei e gli uni degli altri e quello significava che si facevano sempre gli affari altrui.

Anche se in quel momento le stavano dando spazio.

Ma quel giorno... quel giorno sarebbe cambiato tutto. Quel giorno Roxie andava a cena a casa dei genitori. Ci sarebbero state anche le sorelle, il fratello e i loro compagni con i figli. Roxie pensava che ci sarebbe stato anche Liam, dato che lei gli aveva esteso l'invito diretto della mamma l'ultima volta che erano andati a sciare.

Carter non era andato in montagna con lei, per lo più perché doveva lavorare e sapeva che non sarebbe riuscito a tenere il passo.

E poi forse avrebbero potuto trovare qualcos'altro da poter fare insieme. Forse se avessero davvero trovato qualche attività di coppia che piaceva a entrambi, a parte il sesso, sarebbero riusciti a far funzionare la loro relazione. Perché prima avevano passato tantissimo tempo a preoccuparsi di avere abbastanza soldi per il futuro, di non parlare di quello che aveva fatto loro più male, del fatto che avevano rovinato tutto quello che avrebbero potuto avere perché si erano sepolti.

Ma la situazione sarebbe migliorata.

"Sei pronta?" le chiese Carter, mentre svoltava nel vialetto dei genitori di Roxie. I fratelli di lei erano già lì, le auto erano parcheggiate in strada ma le avevano lasciato uno spazio e Roxie non poté fare a meno di sorridere. Le avevano lasciato un parcheggio perché volevano che sapesse di essere la benvenuta. O avevano lasciato tutti uno spazio per chi sarebbe arrivato dopo ed era solo una coincidenza. Se conosceva la famiglia, poteva essere una qualunque delle due opzioni. O entrambe.

"Sono stranamente nervosa, ma pronta."

Carter le strinse la mano. "Lo stesso per me. Spero solo che tuo fratello non mi faccia il culo."

"Non lo farà. Perché dovrà prima passare su di me." Guardò Carter e poi gli baciò la guancia. Lui spense l'auto e si sporse per baciarla.

Roxie si appoggiò a lui e gli sorrise contro la bocca. Le era mancato, più di quanto potesse immaginare. Sembrava che fossero tornati. Ok, forse non esattamente, ma sembrava piuttosto che fossero dove avrebbero sempre dovuto essere. Roxie non voleva pensarci troppo, non voleva stressarsi al riguardo, ma le sembrava che forse, *forse*, sarebbe andato tutto bene.

Quando qualcuno bussò al finestrino, Roxie urlò contro le labbra di Carter e il marito rise fino a far formare delle rughe intorno agli occhi.

"Avete finito di mangiarvi la faccia? Mamma e papà vi stanno guardando, sapete."

Roxie mostrò il dito medio a Adrienne e poi rise insieme a Carter mentre scendevano dall'auto.

Abbracciò la sorella mentre Carter prendeva le crostate dal sedile posteriore.

Non le aveva preparata Roxie dato che non c'era stato tempo, ma la pasticceria vicino casa sua era una delle preferite della mamma e alla famiglia non sarebbe dispiaciuto che le avesse comprate. Perché onestamente, era una delle migliori, escluse quelle di Thea.

Non c'era niente di meglio delle torte di Thea.

Ma non era il suo turno di preparare le crostate. Si poteva pensare che, dato che era lei la pasticciera di famiglia, avrebbe dovuto portare sempre lei i dolci, ma i Montgomery si assicuravano che avesse del tempo libero. Il che le lasciava più tempo per lavorare sulle abilità culinarie, come le polpette al bourbon che Roxie sapeva di trovare in casa. Beh, quelle e il formaggio. Niente avrebbe fermato Thea e Dimitri dal portare del formaggio a una festa. Era il loro modo di fare. Ed era adorabile.

"Sono felicissima che tu sia qui," disse Adrienne dopo aver baciato Roxie sulla guancia. "La mia sorellina è cresciuta e ha portato il marito e una crostata che so che non ha fatto lei."

Roxie alzò gli occhi al cielo. "Sì, perché con tutto il tempo che ho avrei assolutamente potuto preparare una crostata, o magari tre."

"Hai tre crostate?"

"Non riuscivamo a decidere e le abbiamo prese tutte e tre."

Carter le sollevò mentre parlava e sorrise. "Abbiamo preso quella al bourbon e noci pecan, mele a pezzettoni con il rabarbaro e quella al cioccolato in cui credo ci sia anche il caramello salato. Non ne sono sicuro al cento per cento, ma sono quasi svenuto quando me l'hanno descritta."

"Sembrano davvero delle belle crostate."

Roxie li guardò interagire e fu felice che sembrasse che sarebbe andato tutto bene, o per lo meno che non fossero tesi come pensava. Perché Adrienne stava bene e andò a prendere una crostata da Carter prima di stringerlo con un braccio.

Erano tutti già in casa quando arrivarono, ma a Roxie non dispiaceva. Carter ci aveva messo mezz'ora in più a lasciare l'officina per colpa di una questione con un cliente che aveva dovuto risolvere personalmente. Era diventato più bravo a delegare, ma certe volte qualcuno doveva parlare con il capo. E secondo Carter, il cliente aveva sbagliato, ma erano riusciti comunque a risolvere. Roxie era felice di essere lì così potevano cominciare. Forse dopo quel primo ritrovo tutto sarebbe andato meglio. In effetti era già molto meglio rispetto a un mese prima. Cavolo, anche a una settimana prima.

"Siete arrivati," disse la mamma mentre correva da loro. Abbracciò forte Roxie e la baciò sulla fronte prima di andare da Carter. "E avete portato le crostate di Nancy. Non sono come quelle di Thea, ma le trovo piuttosto buone."

"Non c'è niente di meglio delle mie, ma non mi dispiace se portate la concorrenza nella casa in cui sono cresciuta. Cioè, dobbiamo dare una possibilità anche agli altri, no?" chiese Thea e rise. La sorella di Roxie poteva essere competitiva, ma non come diceva. Il fatto che potessero scherzare e tutti si comportassero come se fosse tutto normale significava che erano sulla strada giusta.

Per lo meno, Roxie lo sperava.

"Sono contentissima che tu sia qui, Carter. Mi sembri in forma."

"Sto bene. Il medico ha detto che sono guarito. Faccio ancora fisioterapia perché la pelle ogni tanto tira, ma credo che sarà così per un po'."

Roxie passò una mano lungo la schiena del marito mentre gli occhi della mamma si riempivano di lacrime, ma la donna le allontanò battendo le palpebre, poi prese le crostate e baciò Carter sulle labbra.

"Ti voglio bene, figlio mio. Nel caso non lo sapessi."

Poi la mamma di Roxie se ne andò e gli altri andarono ad abbracciare Carter. Roxie sapeva di non essere l'unica scioccata, come se avesse perso l'equilibrio. Perché la madre non aveva mai chiamato Carter *figlio mio*, nemmeno Dimitri o Mace. Non era un gesto tipico della famiglia, infatti nemmeno Shea chiamava la suocera *mamma* o roba del genere.

Quindi non era solo un titolo, era qualcosa che indicava un legame. E sì, la signora Montgomery lo aveva chiamato così perché Carter era tornato nella vita di Roxie, ma anche perché aveva salvato Thea. E non era qualcosa da cui ci si poteva allontanare. Era qualcosa che non si dimenticava.

La famiglia di Roxie era legata in più di un modo e l'idea che lei stesse cercando davvero di farne di nuovo parte, che non si stesse più nascondendo e che stesse affrontando tutto a testa alta (per lo meno in alcuni aspetti) significava che le sembrava di essere cresciuta.

E stava diventando una nuova Roxie con il marito accanto.

La cena fu il solito caos, ma Roxie sapeva che non era chiassosa come alcune delle altre riunioni di famiglia. Infatti, il cugino Liam commentò addirittura il cibo.

"Zia Katherine, credo che cucini meglio di mia madre, ma se glielo vai a raccontare negherò di averlo detto, giuro."

Roxie rise nascosta dal tovagliolo mentre Carter sollevò un sopracciglio. Sì, Carter era ancora un po' irritato per aver pensato che Liam fosse qualcuno con cui lei era stata e non un cugino, ma Roxie sapeva che scherzava, quindi andava tutto bene. Pensò che lo avesse capito anche Liam, infatti faceva del proprio meglio per metterle il braccio sulla sedia e fare l'occhiolino a Carter.

Roxie se ne sarebbe vendicata più avanti. Forse quando il cugino si sarebbe sistemato. Sperò che sarebbe successo presto, perché Liam meritava di essere felice, ma lei stessa sapeva benissimo che le relazioni prevedevano duro lavoro e certe volte era meglio respirare prima di buttarsi.

"Allora, Carter, come va l'officina?" chiese il padre

di Roxie quando finirono il dolce. Le crostate erano buonissime, quella al cioccolato e caramello le era appena finita nello stomaco e Roxie sapeva che se respirava nel modo giusto, poteva fare un po' di spazio per un altro pezzetto.

"Va bene. Credo che dovrò assumere qualcuno e promuovere uno dei ragazzi come secondo assistente di direzione, forse assistente dell'assistente o roba del genere."

Roxie guardò Carter e sorrise. Ne avevano parlato e lei gli aveva controllato i conti, visto che era ancora la sua commercialista. Per loro aveva senso e Roxie adorava il fatto che, per quanto non pensassero di espandere l'attività, Carter si stesse assicurando di poter far fronte all'aumento di richieste.

"Fantastico. Questo mi fa ricordare che dovrei cambiare l'olio al pick-up." Il padre di Roxie aggrottò la fronte e lei rise mentre Carter annuiva.

"Certo, portamelo in officina e lo inserirò in agenda. Ci penserò io personalmente."

"Non mi aspetterei niente di meno. Sono un Montgomery, merito il meglio." Disse il padre di Roxie con una tale aria di superiorità che non era da lui da far scoppiare tutti a ridere.

"Sì, i Montgomery meritano il meglio," disse Thea, poi sorrise.

"Sì. Il meglio." Shep scoccò un'occhiataccia a Carter e Roxie pensò che, di tutta la famiglia, il fratello sarebbe stato l'ultimo a perdonare il marito. D'altronde, non c'era niente che la famiglia dovesse dimenticare o perdonare. Erano affari di lei e Carter, Roxie aveva cercato di metterlo in chiaro di precedenza e, se necessario, avrebbe riaperto l'argomento.

Avevano commesso entrambi degli errori e quindi dovevano capire come comportarsi l'uno con l'altra, invece di fossilizzarsi su quello che pensava la famiglia.

Erano tutti in salotto a bere vino o caffè sul finire della cena. Roxie amava i parenti, adorava il modo in cui i bambini si erano addormentati sul pavimento davanti al fuoco con il vecchio cagnolone accoccolato accanto. Amava il fatto che tutti fossero in coppia (mancava solo Liam) ed erano tutti vicini, una grande famiglia che si voleva bene.

Roxie sapeva che era una rarità, anche se non aveva conosciuto nient'altro in tutta la vita. Ma Shep era tornato, sarebbe rimasto e avrebbe fatto ancora più parte del gruppo. Lei non sarebbe più scappata, non si sarebbe più nascosta.

Doveva solo ricordare che quando si metteva male, poteva contare sugli altri.

La prima persona a cui doveva appoggiarsi era Carter. Perché non avergli parlato, non avergli confessato le proprie paure gli aveva fatto male. E il fatto che lui si fosse comportato allo stesso modo con lei era stato anche più doloroso.

Roxie sapeva che dovevano ancora discutere di quello che avevano perso, ma ne avrebbero parlato presto.

Liam si sporse in avanti mentre continuava a parlare e lei tornò alla realtà per concentrarsi. "Sì, ho un cottage nei boschi vicino casa mia che nell'ultimo paio di settimane non sono riuscito a usare per via del lavoro. Il fatto che usi poco le mie proprietà è quasi ridicolo."

Roxie guardò il cugino. "Un cottage nel bosco? Stai praticamente chiedendo a un assassino di venire a prenderti."

Lui rise dal naso. "Sono grande e grosso e so spaccare legna. Credo che me la caverò."

"Sai, è quello che dice sempre il tizio ucciso nel prologo."

Liam le sorrise e Carter le baciò i capelli. "Stai dicendo che ti serve qualcuno che vada lì e lo usi?" chiese Carter con sorpresa della moglie.

"Sì, è quello che stavo per dire. Pensavo che tu e Roxie poteste avere bisogno di un po' di tempo per voi. E sì, insisto. Ma Roxie sa che insisto quando ne ho voglia."

"Di che parli?" chiese lei mentre si sporgeva in avanti. "Stai dicendo che ci vuoi dare il cottage per un fine settimana?"

"Proprio così. Pensavo che potesse esservi utile un po' di tempo insieme. E mi riferisco esattamente di quello che sanno tutti ma di cui nessuno parla. Comunque, se vi va di trascorrere un fine settimana lontano dalle montagne di Colorado Springs e fare una passeggiata su quelle di Boulder, potete usare il mio cottage. E non scherzo quando dico che mi servirebbe una mano a controllare che sia tutto a posto. Ho un custode, ma negli ultimi giorni aveva il raffreddore e ho paura che non riesca ad andare a controllare presto la casa. Fatemi sapere."

"È un invito aperto per chiunque di noi?" chiese Adrienne e sorrise. "Perché credo che una vacanza farebbe bene anche a me e Mace."

"È aperto a tutti i Montgomery. O ai loro amici, se vi fidate di loro. Ma sul serio, Roxie, c'è un bel posto per lo sci lì vicino che ti piacerebbe. Carter, ho un garage enorme con una vecchia auto su cui stavo lavorando, se vuoi darci un'occhiata. Non che ti lascerei toccare la mia bambina, ma puoi guardarla."

"Non so se ne avremo tempo," disse Carter sottovoce e guardò Roxie.

"È il periodo delle dichiarazioni dei redditi, forse è

il momento peggiore per prendermi un fine settimana libero."

"Dovresti, invece," disse Shea. "Puoi prenderti tre giorni. Anch'io proverò a convincere Shep, perché dobbiamo tornare a New Orleans per un vecchio cliente."

Era la prima volta che Roxie ne sentiva parlare, ma sapeva che il fratello e la moglie andavano a New Orleans qualche volta l'anno per fare visita ai vecchi amici.

"Forse, forse."

Roxie guardò il marito, che si chinò a baciarla con dolcezza. "Troviamo il tempo. Solo tu e io."

Anche se avevano lo sguardo di tutti addosso, Roxie non poté fare a meno di guardare Carter negli occhi e annuire.

"Ok."

Avevano bisogno di tempo per loro, anche se ne stavano prendendo più del solito. Avrebbero dovuto staccare tanto tempo prima. Avrebbero accettato l'offerta di Liam e sarebbero andati in campeggio. O almeno si sarebbero sistemati in un cottage che, visto il tipo che era Liam, era probabilmente molto più lussuoso della casa di Roxie.

Avrebbero trovato il tempo l'uno per l'altra. Contava solo quello.

Quando arrivarono a casa, Roxie desiderava il marito ed era piena di cibo e promesse.

"Ti voglio," gli sussurrò sulle labbra. Erano all'ingresso, Roxie con la schiena alla porta e le mani di Carter sul sedere.

"Ah sì? E quanto?" Lui le schiacciò l'uccello contro e lei gemette.

"Lo sai quanto." Era spalmata su di lui e gli avvolse le gambe intorno alla vita. Il fatto che Carter riuscisse a reggerla mentre le succhiava il collo e poi il seno, fece bagnare Roxie ancora di più, se possibile.

"Vediamo quanto," ringhiò lui. Poi le infilò le dita sotto il vestito e dentro di lei.

"Oddio," annaspò lei, infilandogli le unghie nelle spalle. "Cavolo. Come hai fatto a entrarmi così in fretta nelle mutande?"

"So fare mosse che non hai mai visto." Carter piegò le dita e trovò il punto G in un unico movimento.

Porca miseria.

Roxie rise. "Stai realmente citando *Il matrimonio del mio migliore amico* mentre sono sul punto di venire?"

"Forse, ma se sei solo sul punto di venire, devo rimediare." Poi piegò di nuovo le dita e Roxie vide le stelle, le pareti interne le si stringevano intorno a Carter mentre lei veniva e tremava contro la porta.

"Sei bellissima. Adoro il modo in cui vieni."

"Anche io voglio vederti venire."

"Ma certo." Poi tolse le dita da dentro di lei e se ne leccò uno mentre guardava la moglie. Roxie sentì la passera contrarsi. Poi Carter usò l'altro dito per tracciarle il contorno delle labbra.

Dannatamente sexy.

Carter la baciò di nuovo, Roxie ondeggiò contro di lui, lo desiderava sempre di più. Le era mancato il calore, il desiderio, tutto quello che veniva con Carter. Quando lui le baciò il collo e lasciò che rimettesse i piedi sul pavimento, Roxie sgusciò via da lui e gli fece l'occhiolino.

"Allora lasciati guardare mentre vieni."

Carter alzò un sopracciglio. "Vuoi che mi masturbi davanti a te?"

Roxie strinse le gambe perché... cavolo. Quell'immagine.

Sì, le sarebbe rimasta a lungo in testa.

Tipo, per sempre.

"Ok, possiamo cominciare con quello. Togliti le scarpe e i pantaloni, signor Marshall. Comincia."

"Però tu devi togliere quel vestito." Gli occhi di Carter si incupirono e Roxie annuì.

"D'accordo."

Si spogliarono l'uno davanti all'altra, quasi inciamparono, risero e si baciarono mentre si toglievano i vestiti. Il sesso con Carter era *divertente*. Era sexy. Era dolce. Era tutto.

In quel momento, significava ancora di più.

Quando Roxie si mise in ginocchio davanti a lui, Carter sgranò gli occhi e si afferrò la base dell'uccello.

"Pensavo volessi che mi masturbassi."

"Comincia a strizzare, bello, io penserò alle palle." Gliene leccò una e poi l'altra e Carter gemette, poi cominciò a muovere la mano su e giù lungo l'asta aiutandosi con l'umidità sulla punta.

Roxie succhiò un testicolo in bocca e poi passò all'altro. Quando Carter si inarcò contro di lei, la moglie lo lasciò andare con uno schiocco, poi gli leccò l'uccello e gli baciò le dita prima di prendere la punta in bocca.

"Roxie," ringhiò lui, come se fosse l'unica parola che riuscisse a dire, ma non le dispiaceva.

Lei continuò finché lui non si fece indietro e la fece alzare per baciarla.

"Non avevo finito," disse Roxie e gli morse il labbro.

"Ti verrò dentro. Chinati sul tavolo, Rox. Scopiamo." Le fece l'occhiolino e lei rise.

"Oh, quanto sei romantico."

Carter la sculacciò mentre lei andava verso il tavolo in sala da pranzo e Roxie strillò.

"Ehi!"

"Sono romantico. Così romantico che mi verrai con forza sull'uccello. Capezzoli sul tavolo, Montgomery-Marshall. Sedere in aria."

Roxie non sapeva perché era così eccitata, ma obbedì. Si chinò e agitò il sedere in aria per lui.

"Salta su, Marshall."

Carter la prese per i fianchi e poi la sculacciò con l'altra mano. La passera le pulsò a quel colpo e Roxie gemette. "Brava, la mia ragazza."

Poi Carter la accarezzò per farle passare il bruciore e si mise in ginocchio. Iniziò subito a leccargliela e Roxie gli schiacciò il sedere in faccia, si inarcò per lui e venne in meno di un minuto. Quell'uomo sapeva *esattamente* come usare la lingua.

Prima che lei potesse lamentarsi di essere venuta due volte e lui nemmeno una, Carter era di nuovo in piedi ed entrò dentro di lei con una sola spinta.

"Sì!" urlarono entrambi.

E poi iniziò a muoversi, Roxie urlava e poi ansimarono entrambi, sudati e dolenti. Carter si piegò su di lei, le morse la spalla, la baciò e le passò la mano sulla schiena.

Roxie riusciva a malapena a pensare, a fare altro

che sentirlo. Quando Carter venne, lei urlò ancora il suo nome, voleva di più, voleva lui.

Carter uscì, ripulì entrambi in cucina e portò Roxie sul divano, dove gli si accoccolò in grembo mentre lui copriva entrambi con una coperta.

"Posso dire con sicurezza," cominciò lei dopo qualche attimo di silenzio, "che non riusciremo più a mangiare su quel tavolo."

Carter le baciò i capelli. "Non saprei, direi che lì ho appena mangiato bene."

Lei lo schiaffeggiò pigramente sulla spalla e sorrise, poi si appisolò mentre lui la abbracciava e la accarezzava. Era la loro nuova normalità, erano i nuovi *loro*.

Roxie sapeva che c'era dell'altro, per il momento era quello di cui avevano bisogno.

Lo amava.

Amava loro insieme.

Amava quello che potevano essere e avere.

Si ripromise che avrebbe cercato di mantenerlo.

A tutti i costi.

CAPITOLO DICIASSETTE

Roxie sapeva che le Montagne Rocciose erano bellissime. Diamine, viveva a Colorado Springs e praticamente c'era *dentro*. Ma un panorama come quello del cottage a Boulder non lo aveva mai visto.

Bellezza in ogni senso del termine.

Da togliere il fiato.

Era felicissima di essere lì con Carter e che si fossero presi del tempo per stare insieme.

"Non riesco a credere che Liam abbia un posto del genere," disse Carter e le passò un braccio intorno alla vita. "È fantastico. E non mi ero reso conto di quanti soldi avesse tuo cugino."

Roxie si appoggiò al marito e inspirò l'odore di lui, quello che tanto amava, misto a quello degli alberi e delle montagne che li circondavano. Era come se lei e

Carter appartenessero a quel posto, anche se era un soggiorno temporaneo e casa loro era a sud, tra le altre montagne.

Sì, tutte le montagne lì intorno erano quelle Rocciose e avevano le stesse alture, ma Roxie conosceva esattamente il proprio panorama, ogni vetta, il modo in cui ogni serie di cime sembrava somigliare a un oggetto diverso. Sapeva che, indipendentemente da dove si trovasse, poteva girarsi a ovest, vedere Pikes Peak e sapere di essere a casa.

Non conosceva i nomi delle cime di Boulder. Non conosceva i diversi orizzonti. Sì, era stata qualche volta lì, a Estes Park e in tutti quegli altri posti. Non se ne poteva fare a meno, se si viveva in Colorado e si amava stare all'aria aperta.

Ma quella non era casa sua, anche se era un gran bel posto in cui stare.

"Credo che il lavoro gli vada molto bene, oltre al resto."

"Stai dicendo che è una specie di mafioso? Forse persino un pirata?"

Roxie rise, si girò tra le braccia di Carter e si sollevò sulle punte per baciargli il mento. Non si era rasato e la barba era diventata morbida. Roxie adorava quando il marito aveva la barba. Avrebbe potuto mangiarlo.

"Sì, mio cugino Liam è un pirata di montagna. Ha

una nave pirata con cui solca le cime e si sposta sui tronchi invece che sull'acqua. È molto bello da vedere."

Risero entrambi e Carter scosse la testa. "Adesso me lo sto immaginando e vorrei capire se si può realizzare. Chi conosciamo che potrebbe costruire qualcosa del genere, o almeno in miniatura?"

"Forse uno dei cugini di Denver o qualcuno che hanno sposato. È la cerchia edile della famiglia, noi a Colorado Springs siamo di un altro ramo."

Carter si guardò intorno e annuì. "Sembra che Liam e i fratelli siano di tutt'altro ramo, qui a Boulder."

"Aspetta di conoscere i Montgomery di Fort Collins."

Carter rabbrividì. "Siete in tantissimi. Ci sono momenti in cui sembrate anche troppi."

"Per questo siamo da prendere a piccole dosi."

"Questo è vero." Poi la baciò, lei sospirò contro di lui e gli passò le braccia intorno al collo, mentre lui le metteva le mani sul sedere e la avvicinava.

Roxie sarebbe potuta rimanere lì per ore, per giorni. Stare con Carter, godersi il panorama e stare soli. Lì non avevano preoccupazioni, non dovevano pensare al lavoro o alla famiglia. C'erano solo loro due.

Era proprio quello di cui avevano bisogno.

Perché era arrivato il momento di parlare.

Era il momento di lasciarsi andare.

Era ora di dire tutto per poter andare avanti.

Perché Roxie voleva andare avanti. Voleva la parte successiva del proprio futuro.

"Entriamo in casa e vediamo che altro ha da offrire il cottage. Perché non credo che potremo chiamarlo cottage, se ha due piani. E sembra costruito su una collina, per cui c'è anche uno scantinato. È un po' ridicolo."

"Sì, non è un cottage nel bosco. È più una magione fatta di legno nei boschi. Sono un po' preoccupato."

Carter portò i bagagli in casa, anche se Roxie avrebbe potuto aiutarlo. A lui piaceva darle una mano e Roxie glielo avrebbe permesso perché non glielo aveva concesso molto in passato, anzi, lo aveva allontanato continuamente per dimostrare di essere indipendente e poter sbrigare tutto da sola. Sapeva di autodanneggiarsi.

L'interno del cottage era ancora più bello dell'esterno. Era una magnifica opera d'arte, tutto in legno lucido e con elettrodomestici nuovi che si fondevano con l'aria da rifugio boschivo. C'erano enormi divani di pelle fatti per una grande famiglia. C'erano alcuni salotti, un soppalco in un'area della casa e una zona open space con enormi soffitti a volta in un'altra, mentre sul retro c'erano le altre stanze. Liam aveva detto a Roxie che c'era anche una zona per giocare nel seminterrato con un paio di camere da letto. Probabilmente Roxie non avrebbe voluto stare lì perché non c'erano finestre e sarebbe stato buio e inquietante.

Lo sarebbe già stato rimanere al buio in un cottage nel bosco, per cui avrebbe evitato di trovarsi anche in un seminterrato.

Roxie e Carter portarono le valigie nella camera da letto padronale, anche se non ci passarono molto tempo a ridere e parlarsi. Sapevano che avrebbero avuto tempo in seguito, quindi esplorarono la casa, guardarono tutte le stanze e tutto quello che Liam possedeva. Roxie sapeva che il cugino probabilmente la condivideva con i fratelli, ma era l'unico proprietario di quella casa. Doveva essere bello avere un posto come quello. Forse un giorno, quando i parenti avrebbero smesso di espandere le loro attività, avrebbero potuto pensare anche loro a qualcosa del genere. Roxie sapeva che ai genitori sarebbe piaciuto.

"Vuoi fare una passeggiata prima che nevichi sul serio?" chiese Carter. "So che siamo in montagna e sta già nevicando, per cui forse resteremo bloccati tutta la notte. L'app dice che è solo qualche centimetro, ma sai com'è in montagna. Meglio prevenire che curare. Ci metteremo vicino al fuoco quando torniamo a casa."

Roxie gli baciò la guancia anche se le si strinse il cuore alla parola *fuoco*. "Va bene, se vuoi."

Lui le baciò il naso. "Tesoro, sto bene. Non devi sussultare ogni volta che parlo di fuoco. Te lo giuro, mi è passato tutto."

Era così, Roxie lo sapeva. Ma non le piaceva pensare al fuoco quando si trattava di Carter. Aveva ancora degli incubi in cui lui era rimasto ustionato e non era guarito. Aveva terrori notturni su molti pensieri, ma di recente per lo meno quando si girava, Carter era lì. Non restava a dormire ogni notte, ma alla fine di quel viaggio Roxie sperava che sarebbe tornato a casa. Anche se avrebbe dovuto parlarne con lui dopo aver finito con il resto. Perché quel viaggio serviva a riprendere i rapporti, a tornare a essere *loro*. Ed erano sulla buona strada.

Si misero i cappotti, le sciarpe, i cappelli e anche gli scarponi da trekking, anche se Roxie aveva dovuto metterne un paio nuovo che non aveva usato molto. Quelli che adorava avevano un buco nella suola che non si poteva aggiustare. Mise un paio di cerotti e sperò che andasse bene.

Roxie inspirò l'odore frizzante dell'aria di montagna, uno dei suoi preferiti. Anche se lavorava in un ufficio e aveva a che fare tutto il giorno con dei numeri, adorava stare all'aria aperta. Roxie sapeva che per

Carter era lo stesso, anche se lui era così versatile che la moglie pensava si sarebbe trovato bene in una grande città o in un posto come quello. Si adattava a ogni luogo, anche se Roxie sapeva che non era sempre stato così.

La neve cominciò a cadere con più intensità mentre rientravano e Roxie aveva la sensazione che avrebbero dovuto coprirsi di più quella sera, nel caso fosse saltata la corrente.

"Dovremmo fare in fretta," disse Carter, mentre la neve cominciava a sferzare. "Ho controllato l'app delle previsioni prima di uscire, ma sembra che stia venendo giù prima del previsto. In effetti, credo che sarà qualche centimetro in più rispetto a quelli che aveva preannunciato il meteo."

"So che Liam voleva che facessimo i romantici, ma non credo di voler restare bloccata dalla neve."

"Sono perfettamente d'accordo," disse Carter e rise. "Funziona solo nei libri, non tanto nella vita reale."

Camminarono più in fretta, Roxie si aggrappò a Carter in una discesa ripida un po' scivolosa. Lui era più alto e con quelle gambe lunghe si muoveva più facilmente di lei, che comunque stava guardando le gambe del marito e il suo bel sedere... e non vide la radice che spuntò dal nulla.

Quando le si impigliarono il piede e la scarpa nuova, Roxie fece una breve smorfia per il dolore ma finì a terra. Carter aveva cercato di aiutarla, ma c'erano già neve e ghiaccio e per lui era difficile raggiungerla.

Roxie sentì il battito accelerare, batté le palpebre e si girò di lato per potersi alzare con più facilità.

"Ahia," disse e si strofinò il sedere. "Sto bene, mi sono solo storta la caviglia."

"Merda, Roxie. Mi hai spaventato a morte. Sicura che sia tutto a posto?"

"Mi sono impaurita anche io. Ma vedo le luci di casa, quindi va tutto bene. Mi aiuti ad alzarmi?"

"Fammi prima controllare la caviglia."

"Non togliermi la scarpa, sai... non si sa mai."

"Ho visto quei film e letto dei libri. Credo di sapere quello che faccio. Forse."

Le tastò la caviglia e Roxie non fece nemmeno una smorfia. Non era rotta, forse nemmeno slogata. Una volta confermato, Carter la baciò e la aiutò ad alzarsi.

"La casa è lì, quindi dovrai sopportarlo," disse Carter, prima di sollevarla contro il proprio petto.

Roxie squittì e gli passò le braccia intorno al collo. "Cosa credi di fare? Inciamperemo ancora, non voglio che tu ti faccia male."

"Porterò mia moglie in braccio fino a casa come un

cavernicolo. E tu me lo permetterai. Il sentiero è liscio. Hai trovato l'ultima radice sulla strada di casa."

"Ovviamente, perché sono io."

"Sono sorpreso di non essere ancora inciampato." Poi Carter si guardò i piedi e fece una pausa per assicurarsi di non ruzzolare a terra.

Nonostante la caduta di Roxie, entrarono in casa tra le risate e la caviglia non le faceva nemmeno male. Sì, nevicava e avrebbero dovuto mettere altra legna nel camino, ma sarebbe stato bello essere in un cottage nel bosco durante una delle ultime nevicate della stagione.

Per lo meno, Roxie sperava che fosse l'ultima. Perché era pronta alla primavera. Era pronta a nuovi inizi. Ed era pronta per il marito.

Carter la tenne stretta mentre entravano in camera da letto e, nonostante tutto, Roxie sorrise quando vide i petali di rosa sulle coperte. Quando Carter ce la fece sdraiare sopra, si sporse in avanti e appoggiò la fronte su quella della moglie.

"Sai, se Liam non fosse tuo cugino..." ringhiò lui, anche se sorrideva.

"Ok, adesso stai superando un confine strano."

Carter scosse la testa e baciò Roxie con dolcezza. "Prima di tutto, sono felice che ora stai bene, che non ti sei fatta male quando sei caduta. E due: sono felice che lui si sia preso cura di te. Mi dispiace che sia dovuto succedere."

A Roxie faceva male il cuore, ma non le sembrava vuoto come prima. Con ogni conversazione, con ogni passo verso il futuro, Roxie guariva. Ma prima, doveva mettere chiarezza. "Non so se a me dispiace davvero."

Carter piegò la testa e fissò la moglie. "In che senso?"

Roxie sospirò. "Credo che ci servisse del tempo lontani per renderci conto di quello che stavamo facendo l'uno all'altra. Vorrei solo poter tornare indietro e non farlo succedere ma non è possibile. Guarderemo avanti e sono contenta che stiamo parlando di tutto quello che è accaduto. So che non ha senso."

Carter si sedette accanto a lei, la abbracciò e la tenne stretta mentre le baciava i capelli. Roxie rabbrividì, con il cuore che batteva forte al pensiero di perdere il marito.

"Invece sì. Capisco quello che dici e sono d'accordo. Ho odiato andarmene. Ho odiato lasciarti. Ho odiato vedere quei dannati documenti."

Documenti. I documenti che li avevano portati su quel nuovo sentiero ma che avevano quasi rovinato tutto. A Roxie tremarono le mani, le sudavano i palmi al solo pensiero e deglutì rumorosamente.

"Odio quelle scartoffie. Non le ho mai firmate, quindi siamo ancora sposati." Dirlo sembrava una sciocchezza, come se non ci fossero passati, come se non avesse pensato a una vita senza di lui.

Come se lui non avesse tentato la stessa strada.

"Ottimo." Carter sospirò. "Mi dispiace di averli firmati. Pensavo che fosse quello il nostro dovere, il *mio* dovere, ma mi sbagliavo."

"Ci sbagliavamo su molti aspetti."

Ed era dire poco.

"Che ne dici se ci versiamo del vino e affrontiamo quello di cui abbiamo cercato di non parlare?" Dopo averlo detto, Carter le prese il viso tra le mani e lei gli si appoggiò, sapeva che era arrivato il momento.

"Credo che dovremmo."

La prese per mano e la portò in cucina. Liam aveva lasciato sul piano il vino preferito di Roxie, un pinot nero difficile da trovare in quello Stato.

"A quanto pare, Liam vuole proprio che ci rimettiamo insieme. Ci manipola con il vino e i petali di rosa. Sono sicura di aver visto dei cioccolatini in frigo."

"È un brav'uomo. Prometto di non picchiarlo." Carter le passò le mani sui fianchi e Roxie si chiese perché fosse tanto nervosa. Non era la prima volta che affrontavano dei discorsi scomodi, ma era la prima in cui lo facevano di proposito. Per lo meno, su quell'argomento in particolare.

"Ottimo, perché è un membro della famiglia."

Andarono in salotto con in mano i bicchieri di vino, prima di appoggiarli. Roxie aveva bevuto solo un sorso del proprio e Carter nemmeno uno. Forse avevano bisogno di essere sobri per parlare, ma a lei serviva quel sorso per spingersi nella direzione giusta.

Forse se parlava in fretta non avrebbe fatto così male. "Ricordo il giorno in cui ho scoperto di essere incinta. Me lo ricordo chiaramente."

Si sbagliava.

Faceva male.

Ne faceva tantissimo.

L'unico momento più doloroso di quello era stato quando aveva pensato che Carter fosse morto... e quando aveva pensato di averlo perso per sempre.

Lui si passò le mani sul viso, con gli occhi scuri e concentrati sul passato, di una devastazione evidente. "Anche io. Ero nervoso ed entusiasta allo stesso tempo. Non avevamo nemmeno mai parlato di bambini. Per lo meno non nella realtà. Era sempre stato un concetto astratto, qualcosa che avremmo voluto discutere una volta sposati."

"E poi sono rimasta incinta e non lo abbiamo detto ai miei genitori. Nemmeno alla mia famiglia.

Non lo abbiamo detto a nessuno. Eravamo solo io, te e questo bambino che sarebbe arrivato e avrebbe cambiato tutto." Si mise le mani sullo stomaco, ricordava com'era sentire una vita che le cresceva dentro, anche se non era arrivata al punto in cui poteva sentire il bambino scalciare; forse aveva percepito solo un fremito, ma non ne aveva mai conosciuto realmente la gioia.

Lo aveva perso prima che diventasse reale, ma alla fine lo era stato abbastanza da rovinare un pezzo di lei. Aveva infranto le parti che la rendevano Roxie, devastato quelle che la facevano voler stare col marito. O meglio, aveva distrutto le parti di lei che le facevano pensare di *poter restare* sposata.

"Non dimenticherò mai il giorno in cui sono entrato in casa e ti ho vista a terra a sanguinare." Carter aveva la voce roca e riportò Roxie alla realtà.

"Non ricordo molto di quando mi hai presa in braccio."

"Credevo fossi morta. Eri coperta di sangue e avevi le mani tese come se volessi raggiungere il telefono ma ti era sfuggito mentre cadevi. Ed ero tornato a casa prima perché avevo avuto una giornata di merda e volevo vederti. E poi ti ho trovata sul pavimento e ho pensato di averti persa."

"È quasi successo."

Quando aveva abortito, il corpo di Roxie non era riuscito ad avvisarla che stava perdendo il bambino finché non era stato troppo tardi. Sarebbe morta, se Carter non avesse chiamato subito l'ambulanza, se non ci fosse stato quando lei aveva avuto bisogno di lui.

Roxie lo aveva allontanato perché aveva avuto paura.

Lui era rimasto lontano perché non aveva saputo come aiutarla.

"Tutto è cambiato." La voce di Roxie era di nuovo vuota, ma sapeva di poter provare qualcosa, era tutto quello che le riusciva.

"Quando ho saputo che avevi perso il bambino, non ero sollevato, ma lo ero per il fatto che c'eri per me, che eri *con* me e non ti avrei perso."

"Ho sofferto. Mi sono svegliata e sapevo che nostro figlio non c'era più. Ho avuto paura, perché temevo che ci fossimo sposati per questo e che poi mi avresti lasciata. Non sapevo se volessimo avere un altro bambino o se avremmo dovuto provarci. Non ne abbiamo più parlato, ho solo detto che volevo mettere la spirale e tu hai accettato. Non abbiamo parlato, ti rendi conto? È stato stupido da parte mia, da parte di entrambi."

"Incredibilmente stupido," concordò Carter. "Non so nemmeno..." Sospirò. "Non so nemmeno che dire. Ho la sensazione di dire sempre la frase sbagliata, o per lo meno era così. Quando abbiamo perso il bambino, tu ti sei chiusa in te stessa, non lo hai nemmeno detto alla tua famiglia e io sapevo di non avere il diritto di farlo, ma non ho insistito. Pensavo che stessi andando avanti e ho creduto di dover gettarmi anche io il passato alle spalle."

"Io... stavo solo cercando di capire chi ero. So di aver detto che ci siamo sposati per chi siamo insieme e perché ci amiamo. E sì, forse abbiamo fatto un po' in fretta, ma tu stavi per chiedermelo. Questo adesso lo so, ma prima no, non avevo idea che in quel momento mi avevi chiesto di sposarti per me e non perché ero incinta. Avevo questa convinzione in testa per cui avrei dovuto avere un altro bambino perché andasse tutto bene e potessimo far funzionare la relazione. E poi non mi sono sentita pronta, non sapevo quando e se lo sarei stata, quindi ho messo la spirale e tu sei stato d'accordo. Ma io non capivo."

Carter la baciò, la baciò lungo le guance come se avesse pianto. "E non mi hai chiesto niente, ma d'altronde non l'ho fatto nemmeno io. Non volevo ferirti facendoti pensare a quello che avevamo perso, perché quel bambino mi manca. Non gli abbiamo nemmeno dato un nome. I medici hanno detto che era talmente presto che... non ci abbiamo riflettuto."

Roxie pianse a quelle parole.

"Nella mia testa, ho sempre pensato fosse una bambina, Angel."

Carter la baciò e lei pianse. "Lo so." Roxie crollò. "Lo sussurravi nel sonno. Ho cercato di abbracciarti e tu mi hai spinto via. E poi non ho saputo più come parlarti. Non sapevo più come sentirmi. Abbiamo perso il nostro angelo... e io non sapevo come reagire."

Roxie gli asciugò le lacrime e gli baciò le guance. Lo amava, amava il modo in cui provava i sentimenti nel profondo.

Non avevano mai avuto così tanta paura, non erano mai stati così a pezzi da non saper gestire il dolore.

"Dobbiamo parlare di più di Angel, della bambina che abbiamo perso. Ho pensato per troppo tempo che siamo stati insieme solo per lei e per questo ti ho quasi perso. Ma ti amo tanto. Possiamo essere noi? Possiamo parlare di più di Angel? Ed essere noi stessi?"

Carter la prese in braccio, se la mise in grembo e la strinse. "Ti amo, Roxie Montgomery-Marshall. Ti amo con tutta l'anima. E avremmo dovuto parlare prima di Angel. Avremmo dovuto parlare del fatto che abbiamo perso qualcosa di prezioso e non solo la nostra bambina. Abbiamo perso le persone che siamo e non voglio che accada di nuovo. Voglio sfruttare questo fine settimana e voglio amarti. Per sempre. Possiamo tentare?"

"So che i *per sempre* non si promettono. Ma voglio provarci. Voglio stare con te per quanto a lungo può durare un *per sempre*. E sì, parliamo di Angel."

Per il resto della serata, parlarono dell'angelo che non avevano mai tenuto in braccio, l'angelo per cui Roxie era quasi morta. Ricordarono del sangue sul pavimento e sulle mani di Carter.

E Roxie promise che presto lo avrebbero confessato alla famiglia. Perché loro due si parlavano. Erano insieme.

Certo, faceva paura, ma stavano facendo funzionare tutto e forse in futuro, col tempo. avrebbero potuto avere un altro bambino.

Ma prima di tutto, Roxie aveva bisogno del marito. Aveva bisogno di quel *per sempre*.

E sapeva che lo avrebbe trovato con Carter.

Finalmente.

CAPITOLO DICIOTTO

Carter infilò i vestiti nel cassetto del comò e lo chiuse con un lieve scatto. Subito dopo, rilassò le spalle e sospirò.

Era tornato a casa.

Finalmente.

Sapeva che non era finita, lui e Roxie dovevano ancora lavorare sul matrimonio ma lo avrebbero fatto sotto lo stesso tetto.

Erano nel bel mezzo di un nuovo inizio. O forse stavano solo cominciando. A ogni modo, c'era molto altro a cui pensare oltre a fingere che sarebbe andato tutto bene se avessero continuato a parlare. Non avrebbero smesso. In quel momento Carter era più innamorato di Roxie di quanto non lo fosse mai stato e si sarebbe assicurato che avrebbero continuato la terapia di coppia. Sì, avevano cominciato ad andare da un consulente matrimoniale, ma c'era dell'altro. Avrebbero intrapreso anche una terapia per elaborare il lutto.

Avrebbero dovuto farlo molto prima, prima di allontanarsi l'uno dall'altra sul piano emotivo e anche sul piano fisico.

Carter non era mai stato bravo a parlare di sentimenti. Si era nascosto dai pericoli che implicavano prima ancora di conoscere Roxie. Era stata lei a farlo aprire dopo che lui aveva perso i genitori. Roxie lo aveva aiutato moltissimo.

Carter aveva deciso di compiere una buona azione per entrambi e assicurarsi di continuare a essere onesto con la moglie.

Quello significava andare in terapia, parlare, affrontare le proprie paure.

Perché alla fine, aveva paura di perdere di nuovo la moglie. Sapeva che se non fosse stato attento, avrebbe commesso altri errori. Quindi, andare da una fonte esterna e parlare anche con la famiglia di Roxie, che era anche la *sua* famiglia, avrebbe potuto aiutarli.

"Tutto bene lì?" chiese Roxie, con la voce meno esitante di prima, perché erano insieme e quello era il loro per sempre felici e contenti.

Finalmente.

"Sì, solo un secondo."

Carter sistemò rapidamente gli ultimi vestiti e poi andò in salotto. Roxie era seduta sul divano con davanti un piatto di formaggio e un sorriso sul viso.

"Sai, non credo che sia più soltanto Thea ad amare il formaggio in modo assurdo. Penso che ti sia unita al gruppo anche tu."

"È stata lei a mandare il formaggio. Non è colpa mia se ho dovuto tagliarlo e mangiarlo con l'uva, dei cracker e qualche noce. Se c'è del formaggio in casa si deve preparare un tagliere."

"*Una di noi. Una di noi. Una di noi.*"

Roxie gli tirò un cuscino e Carter lo prese al volo, con un sorriso. Poi si chinò e la baciò. "Ti amo, Roxie."

"Io di più, Carter."

"No, non credo sia possibile. Ma possiamo essere pari. Che ne dici?"

Roxie gli si accoccolò contro e gli baciò il mento. A Carter piaceva e sapeva che lei apprezzava quando aveva la barba, per cui aveva cominciato a prendersi più cura dei peli che gli erano appena cresciuti sul viso. Il che significava lavorare di più sul suo aspetto al mattino, tanto che certe volte i ragazzi in officina lo prendevano in giro quando sentivano l'odore di sandalo o qualsiasi fosse il profumo che potesse piacere a Roxie. A lui non importava, a lei piaceva e contava solo quello. Onestamente, piaceva anche a lui.

"Sei pronta?" le chiese con dolcezza.

"Lo sono sempre stata." Le si riempirono gli occhi di lacrime, ma batté le palpebre per allontanarle e Carter le baciò le guance e la punta del naso. Poi si sporsero entrambi verso i documenti accanto al piatto di formaggi. Strapparono i fogli uno per uno. Sì, la richiesta di divorzio sarebbe rimasta per sempre su qualche computer, ma non importava. Quello era solo il segno che Carter era di nuovo a casa. Non avrebbero più divorziato. L'idea che lui avesse firmato solo perché pensava di non essere abbastanza, che fosse quello che a loro serviva, li aveva solo fatti avvicinare.

Forse ci erano arrivati nel modo sbagliato, ma a Carter non interessava.

Ci erano arrivati a modo loro e sarebbero stati bene.

Grazie al cielo.

Dopo aver strappato l'ultimo foglio, Carter la baciò di nuovo. Poi Roxie si sdraiò di schiena con lui fra le gambe, che dondolava contro di lei mentre la baciava. Ansimavano e Carter stava per sollevarle il maglione: aveva dimenticato il vino, il formaggio e i pezzi di carta, ma a Roxie squillò il cellulare. Si bloccarono entrambi, si guardarono e poi cominciarono a ridere. Quel giorno avevano cercato di fare sesso quattro volte e in ognuna aveva telefonato un membro diverso della famiglia.

Erano tutti talmente felici che loro due stessero tornando insieme sul serio, che il telefono non aveva smesso di squillare.

"Non riuscirò mai più a entrare dentro di te, vero?"

Roxie sorrise e gli diede una pacca sul petto, così lui si alzò a sedere e la trascinò con sé. La baciò di nuovo mentre lei prendeva il telefono, ma quando Roxie rispose, era seduta a cavalcioni sopra di lui e l'uccello duro le premeva contro il proprio calore. Non importava che avessero entrambi ancora i pantaloni. Doveva contare qualcosa.

"Ehi, Shea, come stai?"

Carter cercò di ridere in silenzio perché la telefonata della cognata era solo una delle tante. Landon era stato il primo quella mattina e li aveva sorpresi entrambi: aveva detto che Carter aveva dimenticato un calzino e che sarebbe dovuto tornare presto da lui a prenderlo.

Aveva la sensazione che Landon sentisse la sua mancanza, anche se nessuno dei due lo avrebbe confessato. Carter non sarebbe mai riuscito a ringraziare e ricambiare quanto lo avesse aiutato Landon. Non solo aveva costretto Carter a guardare quello che stava lasciando, ma gli aveva dato un rifugio dalla tempesta. Metaforicamente e fisicamente. Carter sperava di poter restituire presto il favore, un giorno, e per come andavano le cose tra Kaylee e Landon sarebbe potuto succedere presto.

"Ti metto in vivavoce," disse velocemente Roxie a occhi sgranati. Qualcosa non andava. Carter poteva sentirle la felicità nella voce, ma era come se la moglie la stesse respingendo per qualche motivo che lui non capiva. Appena Shea parlò, divenne tutto chiaro.

"Io e Shep avremo un altro bambino!"

Un altro bambino.

Non faceva male, non come Carter immaginava, perché era felice per loro. Ma comunque...

"Congratulazioni," disse e guardò Roxie. Perché lei diceva le parole giuste, faceva le mosse giuste, ma c'era qualcosa... che non andava. E Carter non capiva.

"Sono molto felice per voi," disse Roxie. "Quand'è il grande giorno?"

Shea cominciò a parlare di essere entrata nel secondo trimestre e di quanto fosse fiero il papà. Si sentiva Shep in sottofondo, borbottava del doversi occupare di due bambini anche se sembrava più che felice: gli piaceva lamentarsi e mugugnare perché era sicuro che Shea ci sarebbe cascata e avrebbe riso con lui.

Carter disse tutte le parole giuste insieme a Roxie, sapeva che avrebbe amato quel bambino come amava Livvy e Daisy e qualsiasi altro bimbo fosse arrivato nelle loro vite e di cui sarebbe stato zio.

Ma sentiva ancora quella piccola stretta all'idea che la loro figlia non ce l'aveva fatta. L'idea che lui e Roxie non avevano avuto la *loro* bambina. La loro Angel.

Forse era quello che non andava in Roxie, che stava provando qualcosa di diverso, qualcosa al di là del dolore.

Quando riagganciarono, Carter si chinò in avanti ma lei gli scese di dosso con le mani che tremavano. "Che c'è?"

Roxie non rispose e Carter tirò a indovinare. "Shep e Shea hanno detto che era un anno che provavano ad avere un altro bambino e finalmente è successo. Stai pensando a Angel? Anche io, ma che altro c'è, Roxie?"

"Non so se ce la faccio. Non sapevo che avrebbe fatto così male. Io... non riesco a respirare." E poi uscì dalla stanza e lo lasciò a chiedersi che diamine fosse appena successo.

Un momento. Non poteva finire così. Roxie non poteva uscire dalla stanza. Avrebbero parlato. Avevano lavorato sodo per quello che avevano e Carter non ne poteva più di non parlare delle situazioni importanti. Non gli importava se fosse doloroso. La seguì in camera da letto dove lei andava avanti e indietro, con le braccia strette intorno al corpo.

"Parlami. Ci siamo fatti una promessa, Roxie. Cazzo, parla con me."

"Lo so. E non volevo andarmene, avevo bisogno di spazio per respirare, non di spazio lontano da te."

Carter le prese il viso tra le mani e la fece fermare. "Dimmi quello che pensi."

"Non so se voglio un altro bambino, e non so perché mi venga in mente quando penso a Shep e Shea, dato che non riguarda me. Sono la sorella più egoista del mondo."

Carter inspirò, assorbì le parole della moglie e poi annuì. "Ok. Stiamo arrivando da qualche parte. Non sei egoista perché pensi a te stessa."

"È questa la definizione di egoismo."

"No, non lo è. Non stai pensando solo a te. Perché so che eri sincera quando hai detto di essere felice per loro. Lo so perché vedo come ti comporti con Livvy, con Daisy, che non è nemmeno ancora tua nipote e per lei sei già la zia migliore del mondo."

"Credo che le mie sorelle e Shea potrebbero non essere d'accordo."

"No, siete tutte le zie migliori al mondo. Sei bravissima in quello che fai e adori quelle bambine, così come amerai anche quello in arrivo e tutti gli altri piccoli Montgomery. Ti è permesso di pensare contemporaneamente ad altro. Sei bella, intelligente e dinamica. Puoi riflettere su tante situazioni e ti può importare di tante persone tutte insieme. È quello che ci rende umani. Ma parliamo della prima frase che hai detto. Non sai se vuoi un altro bambino?"

Roxie scosse la testa e Carter capì che si sarebbe sentita male se non avesse parlato. Conosceva la moglie, poteva leggerla di nuovo. Non si stava chiudendo e quello contava più di tutto.

"Parlami."

Roxie respirò contro di lui prima di parlare. "Quando sono rimasta incinta ero felice, ma spaventata. Non avevo mai davvero pensato di diventare madre." Si passò le mani sul viso. "E poi dopo l'aborto sono andata da un gruppo di supporto. Lo sai, ne abbiamo parlato."

Carter annuì. Quando erano stati nel cottage di Liam avevano parlato del fatto che Roxie ci era andata subito dopo l'accaduto, ma non aveva mai raccontato quello che era successo agli incontri, ci aveva provato e non aveva funzionato.

"Cos'è successo?"

"C'erano tantissime donne che volevano disperatamente essere madri. Ed era come se si nutrissero l'una dell'altra, cercavano di spiegare che tutto ciò che era importante al mondo era la maternità, che la loro identità era definita da quello. E ha fatto male sentirlo, perché sapevo che non era così per loro e che non lo è neanche per me. La mia identità va al di là di questo, ma mi spaventa e mi fa sentire una persona orribile. So che siamo fatti di più strati, di tante emozioni diverse e avevo davvero paura di annegare in qualcosa che non capivo."

Carter annuì e la lasciò parlare. Non sapeva come risponderle perché non si era mai sentito così, non aveva avuto il mondo sulle spalle in quel modo, ma Roxie invece sì e avrebbe dovuto aiutarla. Sempre se lei glielo avesse permesso.

"C'era questa donna che mi guardava dritto in faccia mentre parlava, anche se so che si rivolgeva a tutto il gruppo. Diceva che, dato che avevamo perso i nostri bambini, non portavamo a termine il nostro scopo nella vita, ma io sapevo che erano stupidaggini. Certo, volevo quella bambina. Volevo tantissimo Angel, quando ho saputo che era una possibilità. Ma adesso... adesso so che dobbiamo capire chi siamo. Ci stiamo arrivando e ti amo tantissimo. Ma sono confusa e nervosa e continuo a pensare alle parole di quella donna."

Carter sospirò e la baciò prima di metterle le mani sulle spalle e guardarla dritta negli occhi. Si sentì invadere dalla rabbia, ma la ignorò. Non era lui al centro di tutto, non lo era mai stato. "Quello che ha detto quella donna sono tutte sciocchezze. Hai ragione. E quelle parole ti confondono solamente."

"Lo so. È quello che ho appena detto."

"Non sono bravo con le parole, Roxie, lo sai. Ma il tuo valore non è legato a una frase sola. È legato a tutto ed è per questo che ti amo così tanto. Quando saremo pronti ad avere un bambino, *se* lo saremo, decideremo insieme. Non ti farò pressioni e tu non ne farai a me. Nemmeno la nostra famiglia ce ne farà, i Montgomery che hai sempre sottolineato essere anche la mia famiglia. Non ci sono mai stati addosso quando litigavamo, anzi, c'erano per noi quando ne avevamo bisogno e c'erano per te quando serviva. Ma seguiremo la nostra strada. Quando arriverà il momento, ci saremo l'uno per l'altra. Perché non ti perderò di nuovo, cavolo."

"Lo so. È solo che ho questo blocco enorme in testa e penso solo di doverlo tirare fuori. Mi sento una stupida."

"Non lo sei."

"Ma dico frasi stupide. E faccio pensieri stupidi."

"Beh, parliamone in terapia." Fece una pausa. "Non riesco a credere di averlo detto ad alta voce."

"Nemmeno io, ma sono felice, perché significa che stiamo crescendo. Siamo davvero adulti e affrontiamo quello che abbiamo dentro. Probabilmente avrei dovuto pensarci prima ma, come dicevo, certe volte sono stupida. E sì, mi rendo conto di averlo appena detto, ma ho finito le parole, visto che mi sento il cervello annebbiato quando si parla di bambini."

"Allora facciamo così. Un giorno alla volta, un passo alla volta. Forse in futuro avremo dei figli, o forse no. Forse dovremmo cominciare con un gatto, so che ti piacciono."

"Adoro i gatti. E i cani. Forse un gerbillo."

Carter rise dal naso. "Ma sì, un gerbillo. Troveremo qualcosa che funzioni."

Rise e poi la baciò di nuovo. "Ti amo tantissimo. E non lo darò mai più per scontato."

"Sono d'accordo, ti amo."

"Adesso lascia che ti asciughi quelle lacrime a forza di baci e forse possiamo riprendere da dove ci ha interrotti il telefono." E, nemmeno a dirlo, il cellulare di Roxie squillò di nuovo e lei ridacchiò mentre poggiava la fronte contro il petto del marito.

"Ok, sembra che non avére figli non sarà un problema, perché non faremo mai più sesso."

"Sei un imbecille. Ti amo."

Poi le prese la mano e andarono in salotto a rispondere alla telefonata della mamma di Roxie, che voleva parlare del bambino in arrivo.

Prima o poi, se fossero stati pronti, avrebbero potuto avere un figlio loro. Ma prima dovevano essere Roxie e Carter.

Finalmente.

Erano la loro versione preferita di loro stessi. Ci avevano messo troppo a capire quale fosse e Carter non l'avrebbe mai lasciata andare. Aveva trovato il suo lieto fine anche quando era scappato via deciso.

Roxie era sua.

Non l'avrebbe più abbandonata.

EPILOGO

Le cene in casa Montgomery erano assolutamente uno degli eventi che Roxie preferiva, soprattutto quando includevano amici che erano praticamente parte della famiglia. Era sempre stato così, ma quel giorno era addirittura fantastico.

Erano pienissimi di arrosto, patate, fagiolini, panini e, ovviamente, di formaggio, dato che c'erano anche Thea e Dimitri. Si erano spostati in salotto per parlare del matrimonio imminente dei due, oltre a quello di Adrienne e Mace.

Si era accennato a un doppio matrimonio, ma i piani erano stati subito bocciati. Dopo tutto, Thea e Adrienne non avrebbero potuto essere più diverse in termini di gusto e tutti volevano più di una sola festa per celebrare la famiglia che cresceva.

Roxie e Carter avevano pensato di rinnovare le promesse, ma avevano cambiato idea. Si erano ripetuti promesse e parole d'amore in più di un'occasione e ogni volta che si aprivano l'uno con l'altra era un legame che contava più di quanto avrebbe fatto una cerimonia.

Comunque quell'estate, sarebbero andati effettivamente in luna di miele. Erano diretti ad Aruba, dove lei si sarebbe goduta le acque cristalline, la sabbia bianca e avrebbe guardato il marito andare in giro solo con i calzoncini a vita bassa.

Al solo pensiero le venne l'acquolina in bocca.

"Stai sbavando," le sussurrò all'orecchio Carter e Roxie chiuse gli occhi perché sapeva di arrossire.

"Zitto," sussurrò.

"So che stai pensando a qualcosa di sporco. Tienilo a mente per dopo."

"Zitto," ripeté lei, con il volto in fiamme.

"Che vi state sussurrando, voi due?" domandò la mamma di Roxie, seduta sul pavimento insieme a Captain, Daisy, Julia e Livvy. Era sul serio una nonna fantastica.

"Niente," dissero contemporaneamente Roxie e Carter e tutti gli adulti presenti risero, con i bambini che si unirono a loro. Captain invece ululò.

Quella era una famiglia. Era quello da cui Roxie era

scappata perché aveva avuto paura di non essere abbastanza, ma si era sbagliata. Oh, quanto si era sbagliata.

Shep e Shea sarebbero rimasti in Colorado e Roxie avrebbe conosciuto il fratello e la cognata ogni giorno in modo nuovo. Roxie sorrise quando vide il pancione appena accennato di Shea e non provò nulla di quello che aveva sentito quando aveva saputo che la cognata era di nuovo incinta. Parlarne con Carter e in terapia l'aveva aiutata.

Roxie non si era resa conto di quanto le parole dette da una donna a un solo incontro l'avessero turbata nell'ultimo anno ed era felice di essere riuscita a togliersele dalla testa. Sapeva che un giorno, lei e Carter avrebbero potuto volere un bambino, ma non c'era fretta. Avevano tempo e per il momento potevano concentrarsi l'uno sull'altra, come non erano riusciti a fare in precedenza perché ognuno era troppo preso da se stesso.

Roxie guardò Adrienne e Mace che si scambiavano sussurri, lui le teneva la mano fra i capelli di Adrienne. Erano stati amici per anni e, quando finalmente si erano innamorati, Roxie ne era stata felice. Erano perfetti l'uno per l'altra e Roxie era impaziente di vedere che famiglia avrebbero creato col passare del tempo.

Il che la riportò da Thea e Dimitri. La loro relazione era nuovissima ma, come Mace e Adrienne, prima erano stati amici. Stavano per sposarsi e unire le loro vite. E la notizia più bella di quella giornata era che Thea poteva finalmente cominciare l'ampliamento della pasticceria. Il finanziamento era stato approvato e presto avrebbe cominciato una nuova fase di vita.

Nella famiglia di Roxie erano tutti molto talentuosi e lei sapeva che erano fortunati. Sì, nel corso degli anni avevano sofferto e avuto i loro problemi, ma alla fine Roxie pensava che ne fossero usciti più forti.

Sapeva anche che la propria famiglia non era l'unica ad aver superato dei problemi. Non poté fare a meno di pensare a Liam e a quello che stava passando, ma allontanò quel pensiero e sapeva di non poterlo aiutare in altro modo a parte essere presente.

Sempre se il cugino glielo avesse permesso.

Roxie strinse la mano del marito e lui le baciò la tempia mentre continuava a parlare con Landon. L'amico aveva portato Kaylee, non nascondevano più la loro relazione. Non che l'avessero mai nascosta da qualcuno a parte se stessi, ma sarebbero stati loro a raccontare quella storia. Roxie sapeva che Kaylee le avrebbe detto tutto, prima o poi.

Abby e Ryan erano seduti accanto all'altra coppia e ridevano di una battuta che aveva fatto il padre di Roxie. Di tanto in tanto, Julia andava da Ryan e gli dava qualcosa da mangiare prima di tornare a giocare con le altre bambine.

Diventavano sempre più legati, la loro relazione sbocciava sotto gli occhi della famiglia e Roxie non poteva esserne più felice.

Si appoggiò al marito, guardò gli anelli che si era rimessa al dito dopo che lui l'aveva baciata in casa e sapeva di essere fortunata. Erano *entrambi* fortunati. Avevano passato l'inferno, ma ne erano usciti.

Per fortuna avevano distrutto i documenti vivevano il loro lieto fine. Anche se *c'era* un insieme di documenti che avrebbero dovuto compilare presto: Roxie non avrebbe più avuto il doppio cognome, sarebbe stata solo una Marshall.

Una Montgomery di nascita e sangue.

Ma una Marshall per scelta e amore.

Era proprio quello di cui aveva bisogno, anche se, nel proprio cuore, Roxie sapeva che lei e Carter sarebbero sempre stati Montgomery.

Alla fine, non si smetteva mai di esserlo.

Nemmeno quando si pensava di doverci provare.

Il prossimo romanzo della serie:

Segreto avvolgente

UNA NOTA DI CARRIE ANN

Un immenso grazie per aver letto Vuoto impetuoso. Se ti è piaciuta questa storia, gradirei tanto una recensione! Le recensioni aiutano gli autori *e* i lettori.

Sono onorata che tu abbia scelto di leggere questo libro e che abbia amato i Montgomery tanto quanto me!

Se vuoi rimanere aggiornato su nuovi libri o promozioni, sentiti libero di iscriverti alla newsletter di Carrie Ann.

Montgomery Ink: Colorado Springs
Libro 1: Sotto pressione
Libro 2: Inquietudine di pelle
Libro 3: Vuoto impetuoso

Montgomery Ink:

Libro 0.5: Tatuaggio ispirato

Libro 0.6: Destino a tre

Libro 1: Tatuaggio spinoso

Libro 1.5: Sulla pelle per sempre

Libro 2: I confini della tentazione

Libro 3: Un passo difficile

Libro 4: Stampato sulla pelle

Libro 5: Marchio indelebile

Libro 6: Senza Segreti

Libro 7: Espressioni di pelle

Libro 8: *Ricordi per sempre*

Whiskey e bugie:

Libro 1: Whiskey e segreti

Libro 2: Whiskey e scoperte

Libro 3: Whiskey incompiuto

I fratelli Gallagher:

Libro 1: Ritorno all'amore

Libro 2: Passione ritrovata

Libro 3: Una nuova speranza

TI INTERESSA ESSERE UN BLOGGER E REVISORE PER CARRIE ANN RYAN? REGISTRATI QUI!

8